Neles Lüge
Eine Erzählung

AF235384

Friederike Nehls

Neles Lüge
Eine Erzählung

Bibliografische Information der Deutschen Nationalbibliothek: Die
Deutsche Nationalbibliothek verzeichnet diese Publikation in der
Deutschen Nationalbibliografie, detaillierte bibliografische Daten sind
im Internet über http://dnb.dnb.de abrufbar.

© 2020 Friederike Nehls
Herstellung und Verlag:
BoD – Book on Demand, Norderstedt

ISBN: 978-3-752-88598-9

DANKE,

liebe Katja, dass Du so geduldig und gewissenhaft beim Lektorieren geholfen und die Rechtschreibung korrigiert hast.

Danke, liebe Sylvia, dafür, dass Du nach *Hannah* nun auch *Nele* auf den Weg bringst.

Danke, liebe Caro, für Deine hübsche Rückseite.

Und vielen Dank an all die Menschen, die weiterhin unser Land mit ihren unterschiedlichen Wurzeln und Religionen in nicht ganz einfachen Zeiten bereichern.

Danke.

Für meine Freunde

„Charakter ist eine Sache der Zeit."

Bertolt Brecht

Barbusch!

Wie so oft in Deinem Leben hattest Du auch diesmal recht. Die Menschen hier sind gar nicht so anders als zu Hause... Lachende Kinder, freundliche Frauen, finster drein guckende Männer...
Sogar die Werbung auf den Plakaten scheint, von der Schrift ausgenommen, dieselbe zu sein. Auch die Postkarten sind genauso kitschig wie bei uns. (Ein besonders schönes Exemplar lege ich dem Brief bei.) Du weißt, ich tue mich schwer mit den Karten, zu viel Platz für Blabla und zu wenig für ernste Gedanken. Der einzige wirkliche Unterschied zu zu Hause, den ich bemerke, ist die Temperatur. Mir ist mal wieder kalt.
In Frankfurt hat uns Brigittes Enkelsohn Ralf abgeholt und nach Heidelberg gefahren.
„Schön" zu dieser Stadt zu sagen, fällt mir noch schwer, aber es war schön, durch diese zu laufen. Brigittes Englisch ist ja nicht so berauschend, so war es ein recht ruhiges Betrachten. In der Altstadt waren wir gemütlich essen. „Flammkuchen", so eine Art schwäbische Pizza, wahrscheinlich nicht ganz koscher, also nichts Mama verraten. Brigitte freut sich auf Euch vier. Ich hoffe doch, Arvid kommt mit.
Ich bin alleine weitergefahren und habe Dein Geheimnis gelüftet. Das Lied, welches Du immer heimlich gesungen hast, wenn Du glaubtest, die Spülmaschine übertöne Deine Stimme. Einmal hatte Dich Arvid überrascht und Du hattest etwas gefaselt von einem jüdischen Dichter. Du hattest nicht gelogen. Ziemlich unspektakulär der Felsen, von dem Du gesungen hast, aber wie ich dich kenne, warst Du sicher schon längst da. Wusstest Du, dass in den deutschen Liederbüchern der Nazizeit unter „Deinem" Lied der Loreley „unbekannter Dichter" stand? Sie schafften es nicht, Heinrich Heine ganz verschwinden zu lassen, zu sehr verankert ist er in der deutschen Kultur. Aber auch das ist Dir sicher nicht neu. Barbusch, ich bin Dir

nicht böse. Wie kann ich auch? Du glaubtest, so handeln zu müssen, weil es das Beste für uns alle schien. Nele in ihrer Situation wahrscheinlich auch. Bitte bete für mich, dass ich nicht alleine zurückkomme. In 10 Minuten komme ich an…

Ich drücke und küsse Dich.
Schalom, Benjamin

Vier Monate zuvor, Anfang November 1995

Die jüdische Tradition schreibt vor, eine Woche zu trauern und nennt diese Zeit „Schiwa", das heißt wörtlich: „die sieben Tage". Sieben Familienmitglieder bilden die „Awelin", die Trauernden füreinander. Diesmal trauerte ein ganzes Volk, als sich die Flugzeugtür öffnete und Nele das „heilige Land" betrat. Die Sonne schien vom fast wolkenlosen Himmel und Nele zog ihre Jeansjacke aus, vorbereitet darauf, dass es wesentlich wärmer als zu Hause sein würde. Worauf sie nicht vorbereitet war, waren die vielen Fragen, die sie einige Stunden zuvor am Köln/Bonner Flughafen beantworten musste. Auf so ziemlich alles hatte sie ihre Tante Romy vorbereitet, aber das lange Gespräch hatte sie nicht erwähnt. Vergessen? Oder wollte sie Nele nicht verunsichern? Sie würde ihre Tante fragen, wenn sie sich wiedersehen würden. Der hübsche Israeli hatte ein wenig mit ihr geflirtet, während er mit seinem Klemmbrett herumfuchtelte. Nele war aber klar, dass dies der kleinere Grund war, der sie nervös sein ließ. Die Fragen waren auch nicht der Grund. Sie hatte nichts zu verheimlichen und beantwortete die vielen Fragen gewissenhaft und ehrlich. Was ist der Grund für die Reise? Wie lange dauert der Aufenthalt? War die Reisetasche die ganze Zeit in Neles Nähe? Usw. usw.

Eher war es ein Gefühl, welches Nele ohne Vorwarnung überfiel und was sie nun eine ganze Weile weiter begleiten würde, ohne es benennen zu können. Sie hatte ihre Handtasche ausräumen müssen und verlegen gelächelt, als sie zwei gebrauchte Taschentücher wieder einpackte. Auch er hatte gelächelt, dabei eine Zahnlücke offenbart, die ihm etwas betont Freches gab. Dann hatte er ihr viel Spaß für ihren Aufenthalt gewünscht und sich der nächsten Reisenden zugewandt.

Und da war sie nun. Die Passagiere hinter ihr drängten nach und Nele stieg die Gangway herunter. Nein, ich werde es nicht bereuen, versuchte sie sich einzureden, während sie kurze Zeit später am Gepäckband auf ihren Rucksack wartete. Ich freue mich, versuchte sie es weiter, doch Freude wollte sich nicht einstellen. Im Gegenteil, je weniger deutsche Stimmen sie vernahm, desto mehr überfiel sie das Gefühl der Einsamkeit und das neu dazugekommene, unerklärliche Gefühl. „Muss es denn ausgerechnet Israel sein?", hatte ihr Vater noch am Abend zuvor gefragt und seine ganze Besorgnis mit in die Betonung der Frage einfließen lassen. „Ja, Papa, zum hundertsten Mal!", hatte Nele geantwortet und versucht, nicht unsicher zu klingen. Was hätte es genutzt, ihren Eltern von ihren eigenen Ängsten zu erzählen? Natürlich war es ein großer Schritt und sie war froh, dass Tante Romy dafür sorgen konnte, dass es nun doch „nur" sechs Monate sein würden und nicht ein ganzes Jahr, welches Nele in einem Kibbuz verbringen würde. Nur ihrer Tante hatte sie ihre Angst vor dem Aufenthalt gebeichtet.

Martina, ihrer ehemals besten Freundin, vertraute Nele sich nun nicht mehr an. „Du wirst sehen, die Zeit wird wie im Flug vergehen", hatte Romy erklärt und versprochen, sie besuchen zu kommen.

Es dauerte einen Moment, bis Nele sich orientieren konnte und sie den Weg zum Busbahnhof fand. „Das ist kein Problem, die Beschilderungen sind oft auch in Englisch verfasst", hatte Romy Neles Befürchtungen zerstreut, sich nicht zurechtzufinden.

Der Rucksack wog schwer auf ihrem Rücken und Nele musste an ihre Interrail Reisen denken, auf denen sie allerdings nie alleine war. „Mistkerl", rutschte es Nele bei dem Gedanken an ihre damalige Begleitung heraus, während sie nach dem Bus Ausschau hielt, der sie nach Jerusalem bringen sollte. Nele wollte nicht an ihn denken, nicht hier, so weit weg, wo nichts an ihn erinnerte.

In die USA hatten sie vorgehabt zu fliegen, zur Feier des bestandenen Abiturs. *California Dreaming* - drei Wochen Sonne, Meer und Liebe.

Und nun saß sie hier in einem Bus. Allein. Das Gesicht ans Fenster gelehnt, sah sie das belebte Tel Aviv an. Nicht ahnend, dass das, was sie sah, nicht das wahre Tel Aviv war, denn an diesem Tag liefen die Menschen langsamer und ihre Gesichter waren auch weniger heiter als noch zwei Tage zuvor. „Ausgerechnet jetzt", hatte ihr Vater gerufen, als sie die Nachrichten im Fernsehen gesehen hatten. Der Rucksack war schon gepackt und der Wecker gestellt. „Ausgerechnet er", hatte ihre Mutter gesagt und zum Telefonhörer gegriffen, um ihre kleine Schwester anzurufen, wissend, dass es Romy noch trauriger machen würde, was der Nachrichtensprecher gerade verkündet hatte. „Das wird er überleben", hatte Romy sich selbst versucht zu beruhigen und doch nicht recht behalten. Das Schaukeln des Busses, seltsam klingende Musik aus dem ziemlich leise gestellten Busradio und die wüste Landschaft zwischen Tel Aviv und Jerusalem schafften es, im Gegensatz zum Flug, der Nele immer ein wenig unheimlich war, dass sie nun doch erschöpft einschlief.

„Miss?" Erschrocken fuhr Nele hoch und brauchte einen Augenblick, bis ihr klar wurde, wer sie ansprach und wo sie war. Sie sah aus dem Fenster. Ein erneuter Busbahnhof, diesmal in Jerusalem. Der Busfahrer nahm Neles Rucksack und reichte ihn ihr. Dankend nahm Nele ihn und sah, dass sie mittlerweile der letzte Fahrgast war. Verlegen nahm sie ihren Rucksack und verließ den Bus. Sie sah in den Himmel und dann auf ihre Armbanduhr. Eine bunte Swatch-Uhr, die ihr Lars geschenkt hatte. Auch hier, viele Kilometer von ihm entfernt, tat es weh, auf die Uhr zu sehen und automatisch an ihn zu denken. Was soll's! Sie nahm die Uhr ab und warf sie in einen Mülleimer, bevor sie sich auf die Suche nach einem Taxi machte. „Es ist ganz einfach, mit dem Bus zum Damaskustor zu fahren und von dort gehst du zu Fuß weiter", hatte Romy erklärt, während sie ihr die Busverbindung in ein kleines Notizbuch geschrieben hatte.

Die Aussicht, erneut ihren Rucksack öffnen zu müssen, dazu aufgefordert zu werden, alles heraus zu räumen und die anhaltende Müdigkeit ließen Nele doch ein Taxi nehmen. „Bombe vorne oder hinten?", hatte der Taxifahrer in kaum verstehbarem Englisch gefragt, als er Nele ihren Rucksack abnahm und sie fragend ansah. Unsicher sah sie ihn an und überlegte, ob es noch eine andere Übersetzung für Bombe gab. Erst als der beleibte Mann lachte, verstand Nele und sah, wie er, ohne ihn zu öffnen, den Rucksack nahm und in seinen Kofferraum legte.

Nele war unsicher, denn sie wusste nicht, ob es üblich war, sich neben den Fahrer oder auf die Rückbank zu setzen. Sie sah zu einem anderen Taxi, doch konnte sie nicht erkennen, wo der Gast eingestiegen war. Sie wartete nicht ab, bis der Fahrer ihr die passende Tür öffnete, sondern setzte sich schräg hinter ihn auf die Rückbank. Kurz überfiel sie das Gefühl, welches sie das erste Mal am Flughafen überkommen hatte und irgendwie nicht weichen wollte, als sie sah, was der Mann auf seinem Hinterkopf trug. Befestigt mit einer Haarklammer, erkannte sie die Kappe, die ihre Tante als Kippa bezeichnet hatte und die sie nun noch öfter sehen würde. Nele erinnerte sich, ihre Tante gefragt zu haben, ob es verschiedene Formen der Kippa gab, aber an die Antwort konnte sie sich nicht erinnern. Der Taxifahrer lächelte durch den Rückspiegel, an dem ein Davidstern an einer silbernen Kette hing. Klischee, dachte Nele und versuchte, das mulmige Gefühl weiter zu verdrängen. Nachdem er festgestellt hatte, dass Nele ihm nicht auf Hebräisch antwortete, hob er seine Schultern und machte das Radio leise an, um gleich lauthals mitzupfeifen, was Nele verwirrte. „Na, das wird aber auch einigen Israelis in die Hände spielen", hatte Romy noch erklärt, nachdem sie Nele und ihre Mutter am Bahnhof in Düsseldorf abgeholt hatten, um zusammen weiter zum Flughafen zu fahren. Nele interessierte sich kaum für Politik und fragte sich dennoch kurz, ob dieser beleibte, lustige Taxifahrer seine eigene Art hatte, zu trauern. Oder trauerte er nicht? Nele dachte an ihr Staatsoberhaupt, ebenfalls ein beleibter Mann, und musste lächeln. Sie würde wahrscheinlich auch nicht trauern.

Sein Englisch war wirklich schwer zu verstehen und er musste seine Frage wiederholen, bis Nele verstand, was der Taxifahrer wissen wollte. Gerade hatte sie gehofft, das mulmige Gefühl völlig verdrängt zu haben, da kam es mit aller Wucht zurück. Natürlich hatte sie verstanden, was er sie gefragt hatte. Die Frage, die sie noch nie so richtig gerne beantwortet hatte. Nicht auf ihren Interrail-Reisen und auch nicht bei anderen Aufenthalten im Ausland. Sie tat, als hätte sie ihn nicht verstanden und hob ihre Schultern, wissend, dass es albern war, sie nicht zu beantworten. Sie zögerte noch kurz und wollte schon antworten, als das Taxi hielt.

Kurz glaubte Nele, der Taxifahrer würde sie einfach rauswerfen, doch als sie aus dem Fenster blickte, erkannte sie das Tor, welches in ihrem Reiseführer abgebildet war und vor dem sie wenige Minuten später stand.

Die Sonne machte sich daran, unterzugehen und Nele begann zu frösteln. Bevor sie ihren Stadtplan aus der Handtasche kramte, zog sie sich ihre Jeansjacke über und machte sich auf den Weg, das Hotel zu suchen, welches Romy für sie gebucht hatte. Drei Passanten, die sie gefragt hatte und die ebenfalls Touristen zu sein schienen, und gefühlte zwanzig Minuten später, erreichte sie das kleine Haus. Ein hübsch angelegter kleiner Garten links und rechts neben dem Weg zum Eingang, dessen Tür offen stand, ein kleiner überschaubarer Empfang, terrakottafarbene Wände, an denen gerahmte Fotografien hingen, ein kleiner Tisch mit zwei bequemen Sesseln und ein leerer Tresen, auf dem eine Klingel dazu aufforderte, sich bemerkbar zu machen, begrüßten sie.

Nele musste nicht klingeln. Sie hatte kaum den schweren Rucksack abgesetzt, als schon eine ältere Dame am Tresen erschien und Nele freundlich anlächelte. Von irgendwoher glaubte Nele einen Fernseher zu hören. „Schalom", begrüßte die Dame Nele. Sie schätzte sie auf Anfang fünfzig oder jünger. Nele stellte sich auf Englisch vor und wusste, dass es nun keine Frage gab. Die Dame am Tresen wusste die Antwort schon und fiel übergangslos vom Englischen ins Deutsche, während sie Neles Pass in der Hand hielt und ihren Namen auf einen Anmeldebogen übertrug. Nele beobachtete die Frau und musste nicht lange überlegen, an wen sie sie erinnerte. Sie hatte die Fernsehserie geliebt, in der eine junge Frau unbedingt Ballerina werden wollte. *Anna.* Die Hauptdarstellerin mochte Nele nicht so gerne, hatte sie doch die Liebe des entzückenden Patrick Bachs verschmäht, was die kleine Nele nicht verstehen konnte, während sie anfing, jedes Bild von ihm zu sammeln und in ein leeres Schulheft zu kleben. Sein Rollenname war Nele entfallen, aber nicht der der strengen Ballettlehrerin. Irena Kralowa. Einzig einen Dialekt konnte Nele bei ihrem jetzigen Gegenüber nicht heraushören. „Irena", wie Nele sie nun gedanklich nannte, sprach fehlerloses und fast akzentfreies Deutsch und ebenso, wie Nele sich sicher war, dass sie bestimmt einmal Tänzerin gewesen war, glaubte sie auch zu wissen, dass „Irena" sicher eine Zeit in Deutschland gelebt haben musste. Doch sie traute sich nicht zu fragen und war erleichtert, als sie allein in ihrem Hotelzimmer stand.

Auch dieser Raum strahlte, wie schon der Garten und der Empfang, eine sofortige Wärme und Gemütlichkeit aus. Ein Einzelbett mit weißer Bettwäsche, dahinter ein Blumenbild, zwei gemütliche Stühle an einem kleinen runden Tisch. Ein Holzkleiderschrank und ein Fernseher - Gott sei Dank!

Sie wollte nicht alleine sein und war es doch. „Du kannst jederzeit zurückkommen", hatte ihre Mutter noch am Flughafen gesagt und erfolglos versucht, ihre Tränen zurückzuhalten. „Ich weiß", hatte Nele geantwortet und sprach nun die Worte laut aus. Doch was erwartete sie dort? Zu Hause… Die Uni - groß, aber nicht groß genug, gewissen Personen nicht zu begegnen. Eine andere Stadt - auch da wäre sie allein.

Nele trat ans Fenster und hoffte, beim Anblick quirliger Menschen ihre Einsamkeit zu vergessen, die sie trotz der Gemütlichkeit nicht verlassen wollte. Doch was sie sah, waren ein paar helle Häuser, viele Antennen, volle Wäscheleinen und eine Katze, die anfing, sich auf die Jagd in der Nacht vorzubereiten. Dann doch fernsehen. Menschen, die eine Sprache sprachen, die sie nicht verstand und die sie doch versuchen wollte, möglichst bald zumindest ein wenig zu verstehen. Ein britischer Nachrichtensender berichtete vom Attentat. Nele schaltete weiter, nur ein einziger deutscher Privatsender mit einer belanglosen Talkshow, die nicht in der Lage war, ihre einsetzende Einsamkeit wenigstens kurz zu vertreiben. Nele setzte sich auf das Bett und atmete aus. Warum sollte sie sich ihren Gefühlen nicht stellen? Sie wusste, sie durfte einsam sein und sie durfte Liebeskummer haben und wenn nicht den, dann wenigstens wütend sein. Sie nahm das Kissen vom Bett und wollte es gerade an die Wand werfen, als sie das Klopfen hörte. Sie hörte das leise Geräusch erst beim zweiten Mal und öffnete vorsichtig Tür. Die Dame vom Empfang stand davor, „Irena". „Es tut mir leid, unsere Telefonanlage ist im Moment defekt. Wenn Sie telefonieren möchten, kommen Sie bitte zu uns nach unten." Natürlich, dachte Nele. Sie hatte es versäumt, ihre Eltern anzurufen. Sobald sie Kleingeld hatte, wollte sie es tun. Hatte Nele doch gehofft, bereits am Anreisetag genug Münzen für eine Telefonzelle zu haben. Auf die Idee, vom Zimmer aus zu telefonieren, war sie nicht gekommen. „Ja, gerne", antwortete sie und folgte der sportlichen und sympathischen Frau zum Empfang.

„Ja sicher geht es mir gut, Mama", log Nele kurze Zeit später und war froh, dass sie ihre Mutter nicht sehen konnte und vor allem, dass ihre Mutter sie nicht sehen konnte, glaubte Nele doch, man würde ihr sofort ansehen, wenn sie nicht die Wahrheit sprach. Sie hielt den Hörer noch eine Weile in der Hand und kämpfte mit den Tränen, nachdem ihre Mutter aufgelegt hatte. „Am Anfang ist es immer schwierig." „Irena" war zu ihr getreten und nahm ihr sanft den Hörer aus der Hand. „Kommen Sie, ich habe mir gerade einen Tee gemacht, der reicht sicher für uns beide."

Unfähig, sich eine Ausrede auszudenken und froh, erst einmal nicht wieder allein in ihr Zimmer zu müssen, folgte Nele der Frau in einen kleinen angrenzenden Raum, der ebenfalls sofort Gemütlichkeit ausstrahlte - was Nele auch nicht anders erwartet hatte. „Mein Name ist Ursula", stellte sie sich vor, während sie Nele eine Tasse Tee eingoss. Auch in dem kleinen Raum befand sich ein Fernseher, den Ursula nun leiser stellte. Auch hier hingen an den Wänden Fotos von Landschaften und Menschen, dazu auch einige Zeichnungen, deren Präzision Nele sofort gefangen nahm. Gerne wäre sie aufgestanden und hätte sie sich von Nahem angesehen. „Ja, ich kann mich auch kaum an ihnen satt sehen", schien Ursula Neles Blick richtig zu deuten. Verlegen sah Nele in ihre Tasse, zumal sie glaubte, auf einer Zeichnung eine Frau in KZ-Kleidung erkannt zu haben, was schon wieder das mittlerweile bekannte Gefühl aufkommen ließ. Erst als Ursula zum Empfang ging, um weitere Gäste zu begrüßen, traute sich Nele, erneut zur Zeichnung zu sehen und erkannte tatsächlich eine Frau in Häftlingskleidung. An der einen Schulter hielt sie ein Baby, an der anderen Schulter befanden sich zwei verschiedenfarbige Wimpel, die Nele aus dem Geschichtsunterricht kannte und trotzdem nicht zuordnen konnte. Allerdings konnte sie das Gesicht auf der Zeichnung sofort der Person zuordnen, mit der sie gerade noch Tee getrunken hatte und die der Frau auf dem Bild zum Verwechseln ähnlich sah.

„Oh nein", entfuhr es ihr, als ihr klar wurde, was sie gerade entdeckt hatte.

Dann doch der Privatsender. Irgendein langweiliger Spielfilm mit zu vielen Werbeunterbrechungen schaffte es am Abend, dass Nele in einen gefühlt traumlosen Schlaf fiel. Irgendwann, in einer Art kurzem Dämmerzustand, schaltete sie den Fernseher aus. Es war ein Geräusch, von dem Nele wach wurde und es dauerte einen Moment, bis sie sich erinnerte, wo sie war. Nele brauchte länger, bis sie das Geräusch zuordnen konnte. Zuerst dachte sie, eine liebestolle Katze, doch dann fiel ihr ein, dass es sich wohl um einen Muezzin handelte, der zum morgendlichen Gebet rief. Sie schaltete den Fernseher ein und zappte solange, bis sie einen Sender fand, auf dem die Uhrzeit angezeigt wurde. Noch zu früh für das Frühstück, versuchte sie erneut einzuschlafen. Es gelang ihr nicht und sie bedauerte es, nicht joggen gehen zu können. Oder doch? Sie verwarf den Gedanken und musste lächeln bei der Vorstellung, durch Jerusalems Altstadt zu rennen. Wobei, hatte sie nicht etwas vom „Jerusalem-Syndrom" gelesen, das bei einigen Besuchern zu leichtem bis schwerem Irrsinn führte?

Wahrscheinlich würde sie gar nicht auffallen. Die ganze Religiosität sollte wohl bei einigen Touristen dazu führen, dass ihre Sinne durcheinander kämen. Auch Nele war neugierig und gespannt, ob etwas mit ihr passieren würde, wenn sie auf Jesus Spuren wandelte, und so beschloss sie, nun doch aufzustehen.

Der Frühstücksraum war trotz der frühen Stunde schon gut gefüllt, was Nele erleichtert feststellte, denn die Erinnerung an die Zeichnung mit dem Baby und den Wimpeln ließ sie verlegen und unsicher im Umgang mit Ursula sein. So war sie erleichtert, dass eine andere Frau ihr freundlich eine Tasse Kaffee eingoss. Nele lächelte die Frau dankbar an und erschrak, als sie sofort erkannte, wer vor ihr stand. Zitternd nahm sie die Tasse hoch und schüttete etwas Kaffee über ihren Reiseführer, der daneben lag. Als die ältere Frau das Malheur sah, hielt sie kurz inne und ihr Blick blieb auf dem Reiseführer haften. Auf einmal glaubte Nele nichts mehr von ihrer Höflichkeit zu spüren und sie machte auch keine Anstalten, den Fleck wegzumachen, sondern ließ Nele zurück, die nun verlegen versuchte, mit ihrer Serviette den Kaffee wegzuwischen.

Sie war die Frau mit den Wimpeln, da war sich Nele ganz sicher, zumal die Ähnlichkeit zu ihrer Tochter verblüffend war. Zu ihrer Tochter Ursula, die so herzlich war – im Gegensatz zu ihrer Mutter, die den deutschen Reiseführer entdeckt hatte. Sie wollte erleichtert aufatmen, als sie das Hotel verließ, doch es gelang Nele nicht. Was hatte ihre Tante von dem Land geschwärmt, von der Herzlichkeit und Gastfreundschaft. Nele verfluchte sich dafür, sich doch nicht genug vorbereitet zu haben. Hastig blätterte sie durch den Reiseführer, aber fand nichts über Ressentiments gegenüber Deutschen. Sie musste an den Film *Schindlers Liste* denken, dessen Soundtrack ihr so gut gefallen hatte, dass sie ihn sich gekauft hatte. Selbst Steven Spielberg hatte deutsche Schauspieler mitspielen lassen. Sicher, wie so oft verkörperten sie die bösen Nazis, aber immerhin ging es um einen Deutschen. „Irgendwann muss doch mal Schluss sein mit der ewigen Schuldzuweisung", hatte Lars gesagt, kaum hatten sie das Kino verlassen und Neles Tränen waren noch lange nicht getrocknet, ob der grausamen Geschichte, die sie soeben mit angesehen hatten. Sie war zu schwach gewesen, zu schockiert über das Gesehene und die Worte ihres Freundes, um mit ihm zu diskutieren. Hatte er das tatsächlich gesagt? Nele schauderte bei der Erinnerung und wusste noch genau, wie der Abend ausging. Er hatte vorgeschlagen, noch etwas trinken zu gehen, aber sie wollte nur nach Hause und hatte ihn gebeten, mitzukommen, um sie einfach nur festzuhalten… Und dann war es ihr Vater gewesen, mit dem sie noch lange geredet hatte und der sie damals erfolgreich aufforderte, sich nicht schuldig zu fühlen. „Schuldig nicht, Nele, aber vergessen auch nicht!", hatte er gesagt, nachdem er ihr erzählt hatte, dass sein Vater bei der SS war, was aber nicht der einzige Grund war, warum sie sich bis zu seinem Tod nicht verstanden hatten. Erneut verfluchte sie ihre Tante, die nichts von der Schwere erwähnt hatte, von dem Gefühl, was sich inzwischen um sie gelegt hatte und sich nicht abschütteln lassen wollte. Oder hatte sie sie einfach nicht empfunden? Ihre Eltern, Neles Großeltern, hatten ja angeblich mit den Nazis nicht viel am Hut. Aber auch das konnte Nele nicht mehr hinterfragen. Ihr Großvater war gestorben, als sie drei war, und ihre Oma, an der sie sehr hing, erst vor zwei Jahren. Da war Nele 16 und an allem interessiert, aber nicht an deutscher Geschichte und der Rolle ihrer Großeltern darin. Also gut, dann eben die Auferstehung, versuchte sich Nele aufzuheitern und machte sich auf den Weg zur Grabeskirche.

Überraschenderweise war es dort nicht so voll und Nele konnte sich ohne große Ablenkung daran machen, die Kirche zu entdecken. Sie unterließ es, sich zu bücken, um an die Stelle zu gelangen, wo Jesus begraben sein sollte und beobachtete die wenigen Menschen, die es taten, bevor sie sich auf eine Kirchenbank setzte. Der wohl heiligste Ort der Christenheit. Keine Orgelmusik, keine Chormusik, nur das Flüstern der Touristen war zu hören und so wollte sich bei Nele keine spirituelle Stimmung einstellen. Dass es der Petersdom nicht geschafft hatte, hatte Nele noch im Sommer zuvor nicht verwundert, war dieses riesige Gebäude für sie sogar eher ein Ärgernis. Doch hier hatte sie gehofft, vielleicht ein wenig von Jesus zu spüren. Nichts. Auch nicht die Via Dolorosa, die Straße, die Jesus mit dem Kreuz auf den Schultern gegangen sein sollte, brachte ihr die erhoffte Nähe oder Spiritualität, obwohl Jesus allgegenwärtig von T-Shirts und Postkarten zu ihr zu schauen schien.

Na, zumindest bleibt mir das Jerusalem-Syndrom erspart, stellte sie nun doch wieder etwas optimistischer fest, nachdem sie sich die

Klagemauer angesehen und mit einem Soldaten geflirtet hatte, der nur kurz in ihre Handtasche sah, bevor er sie lächelnd zu der Seite, auf der die Frauen beteten, schickte. Sie wusste nicht, ob es unangemessen war, sich ein wenig darüber zu amüsieren, wie all die kleinen Zettel in den Resten der Tempelmauer verschwanden und musste doch zumindest innerlich lächeln. Kurz dachte sie darüber nach, auch einen Zettel zu schreiben, fand aber, das stehe ihr als Christin nicht zu und sie machte sich auf den Weg in den arabischen Teil der Stadt.

„Die besten Falafel gibt es dort", hatte Romy gesagt und ihr sogar eine Adresse genannt, an die sich Nele nicht mehr erinnern konnte und so ging sie zurück zur Via Dolorosa, in deren Nähe sie glaubte, einen Imbiss gesehen zu haben. Ein Araber, geschmückt mit einer Kefije, saß vor einem Gewürzladen und spielte mit einem anderen Mann ein Brettspiel. Fehlt nur noch die Shisha, dachte Nele und hoffte, die Szene unbemerkt fotografiert zu haben. Überhaupt kam ihr der muslimisch-arabische Teil lebhafter vor, zumindest hingen bunte Stoffe und Kleider vor den Türen und hier und da hörte Nele auch Menschen lachen, was sie im jüdischen Teil vermisst hatte. Kurz musste sie auch an den Grund denken, warum es wohl an diesem Tag so war.

Sie trugen ihr Staatsoberhaupt zu Grabe. Und obwohl sie glaubte, wenig über die Politik ihres Gastgeberlandes zu verstehen, glaubte sie dennoch zu wissen, dass sein Tod für viele nicht nur in ihrem Land ein großer Verlust sein würde, nein schon war. Kurz verging ihr der Appetit. Doch die vielen Gewürze vor einigen Läden und der Geruch nach Minze und anderem Essen, welches Nele nicht definieren konnte, führten sie doch in einen kleinen Imbiss in einer Nebengasse. Davor spielte ein Mädchen mit einer Katze und schenkte Nele, die den Laden betrat, keine Aufmerksamkeit. Kurz war Nele verdutzt, hatte sie doch nicht so einen sauberen Laden erwartet. Sogleich schämte sie sich für ihre Gedanken und musste an Gül, ihre türkische Grundschulfreundin, denken, die so häufig ihre Hände wusch, dass Nele sich noch mehr darüber ärgerte, wenn irgendwelche bekloppten Jungen von „Kümmeltürken" redeten. Der Laden war leer und Nele entdeckte eine Klingel auf dem Tresen. Sie überlegte tatsächlich kurz, zu klingeln, als von draußen gerade die Tür geöffnet wurde und ein junger Mann, mit Obstkartons bepackt, in den Laden trat. Er sah zu Nele und stellte die Kartons ab, dann griff er in einen Karton und reichte Nele etwas, was

Nele erst auf dem zweiten Blick als Dattel erkannte. Sie schüttelte den Kopf, doch er beharrte darauf und schließlich nahm Nele das Obst und hielt es unsicher in der Hand. Trotz seiner etwas dreckigen Kleidung, die so gar nicht in den sauberen Laden passte, strahlte er etwas Sympathisches aus und Nele bestellte so gut es ging auf Englisch eine Portion Falafelbällchen im Brot. Nachdem er sich in einem kleinen Waschbecken die Hände wusch, machte er sich daran, das Bestellte fertig zu machen, nicht ohne Nele offen interessiert anzusehen. So alt wie sie selbst, tippte Nele und fuhr sich verlegen durch die mittlerweile kurzen Haare.

„Ich liebe deine Haare", Lars schien Gefallen daran zu haben, mit ihren langen blonden Haaren zu spielen, sie durch seine Finger gleiten zu lassen und... Nele wollte nicht daran denken, nie wieder, und daher war der erste Gang danach der Gang zum Friseur.

Die Kichererbsenbällchen landeten im heißen Fett und auch das Pidebrot brauchte in einem extra Grill noch, um warm zu werden und so goss der junge Mann aus einer arabischen Teekanne heißen Pfefferminztee in ein Glas. „Wo kommst du her?", fragte er mit einem heftigen arabischen Akzent - so, dass er seine Frage wiederholen musste, bis Nele sie verstand. Diesmal glaubte sie, nicht lügen zu müssen und auch das ihr mittlerweile schon bekannte Gefühl drängte nicht nach vorne. Selbstbewusst, zumindest fühlte es sich kurz so an, dort in dem arabischen Imbiss, setzte sie an, seine Frage ehrlich zu beantworten. Doch sein Blick, gerade noch freundlich und ihr zugewandt, wurde ernst und nun sah er an Nele vorbei. Eine Glocke über der Eingangstür hatte einen weiteren Gast angekündigt, der von Nele ablenkte und ihr die Aufmerksamkeit stahl. Und da war es wieder, ohne ihr eine Chance zu geben, sich darauf vorzubereiten - das Gefühl, welches sie hoffte, mit dem Austritt aus dem Hotel am Morgen abgeschüttelt zu haben. Ein kleines Detail, befestigt am Hinterkopf des neuen Gastes, brachte es wieder zum Vorschein und Nele wollte ihrem Drang nachgeben und einfach aus dem Laden laufen. Nein, nein, sagte sie zu sich und sah von den beiden Männern weg zu den Leckereien hinterm Tresen. Nun sprachen sie, offenbar arabisch, und die Bedienung machte sich weiter daran, das Falafelbrot fertig zu machen. Nachdem er ihres und ein weiteres Glas mit Tee füllte und beides auf den Tresen gestellt hatte, griffen Nele und der andere Gast gleichzeitig zu. Kurz berührten sich ihre Finger und Nele erschrak, was nicht an der unerwarteten Wärme des Getränkes lag. Er schien ihr Erschrecken bemerkt zu haben und entschuldigte sich in einer Sprache, die Nele nicht deuten konnte. Kurz hatte sie den Mut und sah ihn an, nachdem er „sorry" gesagt hatte. Sie nickte und nahm einen Schluck. Das Falafelbrot war fertig, aber die Frage noch nicht beantwortet, die Nele hoffte, nicht mehr beantworten zu müssen. Und doch stellte er sie erneut. Vier einfache Worte: „Where are you from?" „Woher kommst du?" Diesmal hatte sie die Frage sofort verstanden, doch nun waren es gleich zwei Augenpaare, die auf sie gerichtet waren. Nervös und fahrig zog sie einen Geldschein heraus und legte ihn auf den Tresen.

„Switzerland", log sie und spürte die Röte, die sich auf den Weg machte, ihr Gesicht zu überziehen. Sie wartete nicht, sondern verließ schnell den Laden. So schnell, dass sie sich nicht einmal das Restgeld hatte geben lassen. Verdammt! Außer Atem, das warme Brot noch in der Hand, war sie wieder in Richtung Grabeskirche gelaufen und lehnte sich dort an die Wand.

Ja, auch er hatte so verdammt gut ausgesehen – wie wohl wirklich alle hier. Darauf hatte sie ihre Tante aufmerksam gemacht und ihr versprochen, „diesen Lars", wie sie ihn nannte, bald zu vergessen. Keine braunen Augen, wie Nele sich glaubte, zu erinnern. Grüne, umrandet von vollen Wimpern. Auch er ein wenig Sommersprossen, so wie sie selbst, aber im Gegensatz zu Nele auf gebräunter Haut. Schwarze Haare in Kombination mit dem Detail, das sie kurz zuvor sofort wahrgenommen hatte und welches sie erneut daran hinderte zu sagen, woher sie wirklich kam. Der Appetit war ihr vergangen und sie hielt nach einem Mülleimer Ausschau. Als sie keinen sah, biss sie doch wieder von dem Brot ab. Was wäre denn passiert, stellte sie sich selbst die Frage. Irgendwo glaubte sie, deutsche Stimmen zu hören und sah kurz darauf eine kleine Reisegruppe auf den Vorplatz der Kirche kommen. Ja, wir sind kein so schönes Volk, stellte sie fest, als sie zwei Männer mit Schlapphüten und umgehängten Fotoapparaten sah, die einer Reiseführerin lauschten, die wohl mit hebräischem Akzent davon erzählte, dass es Araber sind, die die Kirche verwalten.

„Verdammt", fluchte sie und musste an Ursula denken, die ihr so freundlich gegenübertrat. Aber sie musste auch an die andere Frau im Hotel denken, die vermutlich Ursulas Mutter war und die jede

Freundlichkeit vermissen ließ, nachdem sie den deutschen Reiseführer bei Nele gesehen hatte.

Der lange Spaziergang durch die Heilige Stadt, die so wenige heilige Gefühle bei Nele aufkommen ließ, hatte es zumindest geschafft, dass Nele recht schnell einschlief. Kein Muezzin weckte sie und trotz einiger unruhiger Träume und des ein oder anderen kurzen Aufwachens war es schon taghell, als Nele endgültig erwachte. Erschrocken sah sie auf ihr Handgelenk, dorthin, wo sie monatelang eine Uhr getragen hatte. Lars Uhr. Ach, könnte sie Lars doch auch einfach so aus ihren Gedanken werfen, dachte sie und schaltete den Fernseher ein. Beim Durchzappen sah sie auf RTL, dass es doch noch nicht so spät war. So glaubte Nele, noch Zeit zum Frühstücken zu haben, bevor sie abgeholt werden sollte, um in den Kibbuz gebracht zu werden. Frühstücken? Bei dem Gedanken wurde ihr etwas flau, spürte sie doch, dass sie nun doch nervös wurde, und nicht nur bei dem Gedanken daran, was sie dort erwartete. Ihr kam die Dame, Ursulas Mutter, wie sie vermutete, in den Sinn, sodass sie gar keinen Appetit mehr hatte und sie sich viel Zeit beim Einpacken ihres Gepäcks ließ. Mit ihrem Rucksack und ihrem Zimmerschlüssel trat sie nach einer Weile ins Foyer. Erleichtert stellte Nele fest, dass es die jüngere Ausgabe der beiden Damen war, die ihr nun bedauernd mitteilte, dass die Frühstückszeit schon vorbei sei. Erheitert bemerkte sie, dass es ja schon eine Stunde später als im RTL-Deutschland war. Nachdem die Formalitäten des Auscheckens erledigt waren, versprach Ursula, Nele noch ein kleines Frühstück zu bringen und forderte sie auf, sich auf einen bequemen Sessel in der Nähe des Empfangs zu setzten.

„Frisch gepresst", stellte Nele erfreut fest, als ihr das kleine, aber liebevoll zusammengestellte Tablett gebracht wurde. „Ja, Orangen aus Jaffa - da musst du mal hinfahren, wenn du in Tel Aviv bist", erzählte Ursula und schwärmte weiter von der Stadt am Mittelmeer. Nele nickte und spürte auf einmal wieder die leichte Unruhe, die sie so schlecht in den Griff bekommen konnte und dazu das bekannte Gefühl des Heimwehs. Was tat sie hier? Zu den unguten Gefühlen gesellte sich nun noch Ursulas ältere Ausgabe, die am Tresen erschien und Nele neutral zunickte. Nele versuchte zu lächeln, doch das blieb unbeachtet. Nele griff nach ihrem Reiseführer und suchte die Seiten, die Jaffa beschrieben und versuchte sich darauf zu konzentrieren. Was sollte sie nun machen? Das Frühstück war gegessen. Für einen erneuten Spaziergang blieb ihr zu wenig Zeit, fürs bloße Herumsitzen, zu viel. Das Telefon erschreckte Nele und unterbrach ihre Gedanken. Die ältere Ursula nahm den Hörer ab, um kurze Zeit später einen Namen zu rufen. Einen sehr deutschen, wie Nele glaubte und erstaunt zusah, wie tatsächlich eine ebenfalls ältere Frau am Telefon erschien und wirklich Deutsch redete. Nele wollte nicht lauschen, bekam aber mit, dass es wohl um das ermordete Staatsoberhaupt ging. „Irene" bedauerte den Tod, weiter konnte und wollte Nele das Gespräch nicht verfolgen und konzentrierte sich wieder auf ihren Reiseführer. Nur einmal noch hob sie den Kopf und sah zum Tresen - warum, konnte sie sich nicht erklären. Ein Stich traf sie und ließ sie schnell wieder ins Buch sehen. Aber nicht schnell genug. Es war nur eine Geste und doch sagte sie mehr als tausend Worte. Die ältere Ursula hatte, kaum hatte „Irene" den Hörer auf den Apparat gelegt, nur kurz ihre Hand auf die der anderen Frau gelegt, dabei hatten sie sich angesehen. Nele konnte es gar nicht so richtig begreifen, aber es wirkte so vertraut und so liebevoll. Hatte es je so eine Geste zwischen ihr und Lars gegeben? Sie wollte nicht an die vielen Fotos denken, die zerrissen in ihrem Papierkorb gelandet waren und dachte dennoch daran. Verwirrt, versuchte sie zu lesen, doch es gelang ihr nicht. Dazu kam, dass ein Paar, ein wenig älter als Nele, am Tresen erschien und einen Schlüssel abgab. Dabei sprachen sie laut und gestikulierten in einer nordischen Sprache, die Nele nicht zuordnen konnte. Sie tippte auf Finnisch und fragte sich mal wieder, warum sie sich nie traute, im Ausland so laut in ihrer Muttersprache zu sprechen.

Es hatte einen Moment gedauert, bis Nele die Kreuzung fand, auf der sie abgeholt werden sollte. Sie stand noch eine Weile da und beobachtete das Treiben auf der Straße. Am Ende hatte sogar die ältere Ursula noch gelächelt, als Nele sich verabschiedete. Doch nun war es der Aufenthalt im Kibbuz, der ihre Gedanken gefangen nahm. Gedanken begleitet von Heimweh und Ängsten. „Du kannst jederzeit zurückfahren, Nele", sagte sie laut zu sich und erschrak, als ein VW-Bus anhielt und kurz hupte.

Ein VW-Bus, ein deutsches Markenprodukt, mitten in Jerusalem... Nele wusste, dass ihre Gedanken aberwitzig waren und doch beruhigte es sie, dass es ein deutsches Auto war, in das sie gleich steigen würde, und das nicht, weil sie Angst vor der Autofahrt hatte. „Nele?!", es war mehr eine Festellung als eine Frage, die ihr die Frau stellte, die ein wenig hinkend auf sie zukam und ihr fest die Hand drückte. „Ich heiße Ewelina, aber unterstehe dich, mich so zu nennen! Ich bin Ewa", stellte sie sich mit einem, wie Nele vermutete, hebräisch durchzogenen harten Englisch vor. Sie lachte und war Nele sofort sympathisch. Ein wenig Hella von Sinnen, dachte Nele, als sie beobachtete, wie Ewa ihren Rucksack nahm und im Kofferraum verstaute. „Aufgeregt darfst du sein, aber nicht ängstlich", sagte sie, als sie die hintere Tür öffnete und Nele bat, einzusteigen. Sah man ihr ihre Gefühle so deutlich an oder war das der Standardspruch für jeden Neuankömmling? Wie auch immer... Nele spürte, wie eine gesunde Neugier sich daran machte, ihre Ängste und negativen Gefühle zu verdrängen. Noch bevor sie einsteigen konnte, rief jemand von hinten etwas Hebräisches und stieß zu ihnen. Nele sah, wie ein Mann, vielleicht Anfang zwanzig, zu Ewa ging, die sicher nicht gerade leichte Frau anhob und gegen ihren Willen in der Luft umherdrehte. Sie lachten zusammen, während Nele in der hinteren Reihe des Bullis Platz nahm. Der junge Mann sprang sportlich in den Bus und sah Nele neugierig an. „Schalom", begrüßte er sie und wandte sich dann an den Beifahrer, den Nele jetzt erst bemerkte. Er drehte sich um, nickte dem Zugestiegenen zu und nahm Neles Blick auf, deren ganzes Blut begann, in die Wangen zu schießen. Das konnte nicht sein. Ein Traum, ein schlechter. Ausgerechnet. Sie versuchte, seinem Blick standzuhalten. Es gelang ihr nicht und doch hatte die Zeit gereicht, zu erkennen, dass sie ihn nicht verwechselt hatte. Und er? Er erinnerte sich auch. „Die Schweizerin." Sein Blick ruhte noch kurz auf ihr, bevor er den anderen Zugestiegenen auf Hebräisch begrüßte.

Er erinnerte sich. Normalerweise wäre sie geschmeichelt gewesen, schien es doch für sie zu sprechen. Sie musste nicht erst spüren, dass sie rot geworden war. Sie versuchte, sich im Rückspiegel anzusehen, traf aber nur Ewas Blick, die ihr aufmunternd zuzwinkerte. Nele versuchte ein Lächeln, es gelang ihr kaum und sie konzentrierte sich darauf, sich anzuschnallen. „Und, schnallt man sich in der Schweiz an?" Der andere junge Mann setzte sich nun neben sie und half ihr mit dem Gurt. Nele hatte Schwierigkeiten, sein Englisch zu verstehen und konnte nur ahnen, was er meinte. „Ich bin David", stellte er sich vor und lächelte sie an, bevor er zwei weiteren Ankömmlingen half, einzusteigen. Erst als sie saßen, schob er mit Kraft die Tür von innen zu. Ewa hatte auf dem Fahrersitz Platz genommen und stellte die Anwesenden kurz vor. Alle nickten sich irgendwie zu und Nele war erleichtert, nicht alleine die „Neue" zu sein und die Aufmerksamkeit teilen zu können. Nur einem gehörte eine Weile ihr ganzes Interesse. Er hatte seinen Arm über die Lehne hinter ihr gelegt. Eine typische Machogeste, wie Nele fand und erstaunlicherweise feststellte, dass es sie gar nicht störte. Sascha Hehn in dunkel, dachte sie. Es fehlte nur noch die Goldkette im offenen Hemd. Sascha Hehn - irgendwann hatte sie angefangen, Vergleiche zu ziehen. „Ach Nele, das ist doch nicht lustig", hatte Martina gesagt und so hatte sie angefangen, stumm zu vergleichen. Sie sah nach vorne und konnte nur ab und zu das Profil des jungen Mannes auf dem Beifahrersitz sehen, dann, wenn er sich an Ewa wandte und mit ihr sprach. Nur einmal drehte er sich um. Nele sah schnell weg und wusste nicht, ob er zu ihr sah. Nele fiel kein Vergleich ein. „Woher kommst du aus der Schweiz?" Diesmal verstand sie sein Englisch - er hatte auch sehr laut gefragt und die leise Musik, die aus dem Radio klang, locker übertönt. Nein, ich bin Deutsche, ich weiß auch nicht, warum ich gesagt habe, ich komme aus der Schweiz. Ich war so verlegen in dem Imbiss, als Fremde zwischen dem hübschen Araber und dem noch hübscheren Israeli. Vielleicht war es die Kippa, was auch immer es war... Diesmal trafen sich ihre Blicke, er hatte sich wieder nach vorne gewandt. „Basel", antwortete Nele und spürte, wie sie wieder rot wurde. Lügen lag ihr nicht und trotzdem schaffte sie es wieder nicht, die Wahrheit zu sagen.

Die Fahrt verging schnell. Zu schnell für Nele. Gerne hätte sie sich gedanklich noch ein wenig auf ihre Ankunft vorbereitet. Aber David flirtete zwischendurch weiter mit ihr und wenn nicht, sprach er weiter laut mit den anderen Mitfahrern. So erfuhr Nele, dass die beiden anderen „Neuen" aus Australien kamen. Dem Rest des Gesprächs konnte sie kaum folgen, was nicht nur daran lag, dass ein großer Teil auf Hebräisch stattfand.

„Wenn es für dich in Ordnung ist, zeigt David dir deine

Unterkunft," sagte Ewa, während sie Nele ihren Rucksack reichte. Nele nickte, war aber enttäuscht, hatte sie doch gehofft, Ewa kurz alleine sprechen zu können. Sie kannte die Volontariatsleiterin zwar nur vom Telefonieren, aber nachdem sie sie nun auch persönlich kennengelernt hatte, glaubte sie zu spüren, dass sie ihr vertrauen und sie ihr vielleicht helfen konnte, aus ihrem Dilemma herauszufinden, das sich immer mehr zu verselbstständigen schien. „Na dann komm, Schweizerin!" Galant nahm er ihr den Rucksack ab und bot ihr an, sich einzuhaken.

Gemütlich ist was anderes, war ihr erster Eindruck, als Nele das karge Zimmer betrat. David war im Türrahmen stehen geblieben und beobachtete neugierig, wie Nele ihren Rucksack abstellte. „Na ja, vielleicht kannst du es dir ja gemütlich machen," las er scheinbar ihre Gedanken. Er lächelte sie an. „Ich helfe dir gerne dabei." Nele lächelte zurück. Obwohl seine Annäherungsversuche mehr als plump und auf jeden Fall offensichtlich waren, musste sie sich eingestehen, dass er nicht unsympathisch war und wohl auch nicht erwartete, dass sie auf seine Flirtversuche einging. Oder doch? Was wusste sie schon über ihre Mentalität. Flirten schienen sie anscheinend alle recht gerne? Oder nicht? Sie dachte an den Soldaten am Flughafen, aber auch an den anderen jungen Israeli, dem sie im Imbiss begegnet war und der so gar kein Interesse an ihr zeigte. Sie sah sich um. Von Gemütlichkeit konnte wirklich nicht die Rede sein. Ein schmales Bett, ein Tisch, zwei Stühle, ein Kleiderschrank, eine kleine Holzkommode, ein Flickenteppich und nur ein Bild über dem Bett. *Fiddler on the Roof*, glaubte Nele sich an den Titel des Bildes von Marc Chagall zu erinnern, war sich aber nicht sicher. Sie mochte das Bild, in blauen Farben gehalten, welches einen Geiger auf einer Dachspitze zeigte. Wenigstens kein Doppelzimmer, stellte Nele erleichtert fest, hatte sie doch befürchtet, sich ein Zimmer teilen zu müssen.

„Annalena", Davids Aufmerksamkeit galt nun jemandem, der über den Flur ging. Nele hörte ein kurzes Gespräch auf Englisch und Hebräisch. „Darf ich dir deine Nachbarin vorstellen…" Nele sah vom Bild zur Tür, an der David immer noch lehnte und nur ein wenig Platz machte, um eine junge Frau hereinzulassen. Die eintretende junge Frau machte keinen Hehl daraus, dass es sie gar nicht interessierte, wer nun im Zimmer neben ihr wohnte. Sie nickte nur kurz und wandte sich dann David zu, der sie darum bat, Nele den Kibbuz zu zeigen. Sie nickte erneut, diesmal widerwillig und David erklärte, noch etwas erledigen und nur ungern Annalena seine Aufgabe übertragen zu müssen. Er versuchte, sie kurz vorzustellen, erinnerte sich aber nicht an Neles Namen und nannte sie erneut „die Schweizerin". Nele nahm Annalenas abfälligen Blick wahr oder war es nur reine Arroganz? Egal was, interessiert war sie nicht und so nahm sie auch nicht Neles Hand, die Nele ihr entgegenstreckte.

„Stutenbissigkeit" war das Wort, das ihr durch den Kopf ging, als sie über einen Hof liefen. Aber warum, verstand Nele nicht. Annalena war eine Schönheit. Dichte lange schwarze Haare, die sie zu einem Zopf gebunden hatte, der sacht hin und her wippte, während sie leichtfüßig, die Hüften sanft schwingend, vor ihr herlief. Sie hätte auf einen Catwalk gehört und nicht hierher, wo jeder Schritt Staub unter ihren Füssen aufwirbelte und an den Füßen haften zu bleiben schien. „Also, Schweizerin", sie war stehen geblieben und sah Nele desinteressiert an. Belass es ruhig erstmal dabei, du wirst schon den richtigen Zeitpunkt finden, wann du sagst, woher du wirklich kommst, ermahnte Nele sich – immer noch unsicher, ob sie die Wahrheit sagen sollte. Zumal ihr Gegenüber so überhaupt kein wahres Interesse an ihr zu haben schien. „Was weißt du schon über uns und was willst du wissen?" Sie sprach weiter auf Deutsch und Nele glaubte, einen bayrischen Akzent zu hören, war sich aber nicht sicher. Der silberne Judenstern an einer feinen, ebenfalls silbernen Kette beantwortete Neles nicht gestellte Frage, warum sie kein Problem hatte, hier ungehemmt Deutsch zu sprechen. Und trotz der unverkennbaren Antipathie war Nele doch neugierig, wer diese Annalena war und warum sie so offensichtlich schlecht gelaunt war.

„Manchmal ist es auch sehr von Nachteil, zu hübsch zu sein", hatte Romy sie einmal aufgeklärt und ihr dargelegt, warum sie es vermied, sich immer von ihrer schönsten Seite zu zeigen.

„Ich weiß schon ein wenig", gab Nele zurück, während sie Annalena betrachtete. Dunkelbraune Augen, katzenförmig und umrahmt von dichten, langen schwarzen Wimpern, die wohl auch ein wenig Wimperntusche aufgenommen hatten. Völlig unnötig, wie Nele befand, die kürzere Wimpern hatte und es sich erst gar nicht angewöhnt hatte, sie zu tuschen. Volle Lippen, ausgeprägte Wangenknochen - auch künstlich aufgerötet – und eine markante Nase, die sich aber perfekt ins Gesamtbild einfügte. So außergewöhnlich, dass Nele kein Vergleich einfiel. Sie konnte doch Nele nicht ernsthaft als Konkurrentin sehen... Vielleicht war sie einfach immer so mürrisch, versuchte sich Nele einzureden, während sie auf die Stallungen zugingen. Nele hatte die Broschüre, die ihre Tante geschickt hatte, gelesen.

Irgendwann um 1900, der erste Kibbuz. Weitere folgten und wurden zum festen Bestandteil der israelischen Gesellschaft. Zunächst auf Landwirtschaft spezialisiert, übernahmen sie später auch andere Zweige wie Industrie- und Dienstleitungsunternehmen. Sie leisteten einen großen Beitrag zum Aufbau des israelischen Staatswesens, meinte Nele sich an das Geschriebene erinnern zu können und auch an die Ergänzungen, die Romy dazugeschrieben hatte – dass ihre Blütezeit vielleicht vorüber war und sie sich weiter von der ursprünglichen Idee entfernten.

Auch ein wenig kompliziert die Geschichte, so, wie die ganze Geschichte des eigentlich jungen Landes Israel, wie Nele fand.

Der Kuhstall zeichnete sich durch seine deutliche Geräumigkeit aus und Annalena erklärte, dass die Kühe auch regelmäßig ins Freie kamen. Sie waren vor einer Kuh stehen geblieben, die gerade dabei war, Gras zu essen und Nele streichelte ihr den Kopf. Eine Verlegenheitsgeste, die sie an ihre Kindheit erinnerte, in der sie öfter auf einen Bauernhof gefahren waren, nach dem sie sich auf einmal schmerzlich sehnte, obwohl sie nicht wusste, ob es der Hof war, ihre Kindheit oder ihre Eltern, denen ihre Sehnsucht in diesem Moment galt.

„Warum sprichst du eigentlich keinen Dialekt?" Annalena lehnte gelangweilt an einem Balken und sah auf ihre unlackierten Nägel. Das Heimweh wich der Verlegenheit und Nele spürte wieder, wie das Blut in ihre Wangen zu schießen begann. „Weil ich keine Schweizerin bin", wollte sie antworten und entdeckte erneut den Davidstern, der an Annalenas Hals hing und den diese nun an ihre Lippen führte. Ob es das silberne Ding war oder aber die starke Antipathie, die von Annalena ausging, wusste Nele nicht, aber eines oder beides führte dazu, möglichst wenig zu erzählen. „Meine Eltern sprechen beide Hochdeutsch", antwortete sie, diesmal ehrlich und kurz. Auch wenn in Bielefeld ein wenig Westfälisch gesprochen wurde, gehörte die Gegend um Hannover herum doch zu der mit den wenigsten Dialekten. Zudem kam ihr Vater aus Berlin und verfiel nur, wenn er mit echten Berlinern zusammen war, in seine heimische Sprache und ihre Mutter war so viel herumgekommen, dass sie es erst gerade schaffte, in Bielefeld Wurzeln zu fassen. Einzig ein gelegentliches „Gell" rutschte heraus, was vermutlich aus ihrer Zeit in Heidelberg stammte. Aber was ging das dieses Mädchen an, welches inzwischen wieder vor ihr herlief. „Ach, was Feineres!", kommentierte die Dunkelhaarige Neles Antwort und bestätigte damit, dass es richtig war, ihr nicht die Wahrheit gesagt zu haben. Der erste Mensch hier, der etwas länger mit ihr sprach, schien sie - nein, nicht nur schien - Nele war klar, dass Annalena sie nicht leiden konnte. Aber warum? Sie liefen an einem leeren Pool vorbei, an dem drei junge Leute saßen und ihre nackten Füße hinein hielten. Sie winkten Annalena zu und Nele vermochte nicht zu erkennen, ob sie ehrlich fröhlich schauten. Annalena winkte zurück und rief etwas auf Hebräisch, was die Angesprochenen zum Lachen brachte. Verdammt! ... Sie war nicht unbeliebt, aber woran lag es wohl, dass ausgerechnet ihr so viel Ablehnung von Annalenas Seite entgegenschlug?

Sie gingen an einer Fensterfront vorbei und Nele spiegelte sich kurz. Ihre nun roten und kurzen Haare standen etwas verwegen ab. Die grünen Augen umrandet von dichten, aber zu kurzen Wimpern, wie Nele fand, die knubbelige Nase geschmückt mit wenigen Sommersprossen über dem etwas zu kleinen Mund, den sich Nele größer wünschte. Nur an ihrer Figur mochte sie nichts aussetzten. Geformt durchs Joggen und regelmäßiges Schwimmen, hatte sie dennoch weiche Stellen, die Lars immer „gut gepolstert" nannte, wobei Nele nie so recht wusste, ob er das positiv oder negativ meinte.

Inzwischen war es ihr egal, was Annalena dachte und sie sah zu, wie diese vor ihr herlief. Stutenbissigkeit war nun wirklich nicht angebracht! Die schöne Annalena wippte weiterhin schwerelos vor ihr her. Sicher im Spiegel geübt, wusste sie bestimmt, wie sie auf das andere Geschlecht wirkte. „Was machst du hier?", wagte Nele einen Versuch, vielleicht doch noch ein befriedigendes Gespräch führen zu können. Allerdings scheiterte sie, denn die Antwort war kurz und knapp „Hebräisch lernen". Sie gingen an einem kleinen Spielplatz vorbei, auf dem ein Mädchen von etwa vier Jahren stand und winkte. Es dauerte einen Augenblick, bis Nele erkannte, dass das Mädchen nicht Annalena zuwinkte, sondern zu Nele sah. Na, nicht alle hier sind so kalt, stellte Nele für sich fest und wollte schon zu dem Mädchen gehen, welches sich nun in einen Sandkasten setzte. „Na ja, die wirst du dann ja morgen kennenlernen", bemerkte die Österreicherin, ging weiter und nahm Nele damit die Gelegenheit, einem freundlichen Menschen näher zu begegnen. Den Gedanken, nach Annalenas Wurzeln zu fragen, verwarf sie und war froh, als sie im Essenssaal ankamen. Anstatt Nele die Tür aufzumachen, wickelte Annalena eine Sportjacke von ihrer Hüfte und zog sie an. Ohne darüber nachzudenken, machte Nele ihr Gegenüber darauf aufmerksam, dass der Kragen der Jacke eingerissen war. Aber anstatt dankbar zu sein, verdrehte Annalena nur ihre Augen und murmelte etwas von: „Du hast aber wirklich keine Ahnung!"

Ebenso wie die anderen Räumlichkeiten und Ställe war auch der Speisesaal funktional eingerichtet. Nüchtern, wie Nele fand. Die vielen Tische waren kaum besetzt. Die meisten Kibbuzniks hatten wohl schon gegessen. Einige saßen vor einem großen Fernseher, der in der Ecke stand und die einzige gemütliche Nische des Raumes bildete. Ein Teppich, zwei Sofas und einige Sessel. Nele erkannte nicht, was die Aufmerksamkeit der Zuschauer auf sich zog. Aber sie vermutete, dass es sicher mit der Beerdigung Rabins zusammenhing. Nur wenige Männer trugen die Kippa.

„Na, das schaffst du wohl alleine", sagte Annalena und ließ Nele stehen, um sich zu den andern zu gesellen. David war nicht zu sehen und Nele wusste nicht, ob sie enttäuscht oder erleichtert sein sollte. Sie ging zur Essensausgabe und nahm sich ein Tablett.

„Schalom", eine pummelige Frau trat zu Nele. Warme, braune Augen, die Haare unter einem Kopftuch versteckt, ein altmodischer Rock und ein langärmeliges T-Shirt, welches stark nach Lavendel roch. Sie lächelte Nele freundlich an und reichte ihr eine Hand. „Irina", stellte sie sich vor. Erst jetzt sah Nele, dass auch Irina einen eingerissenen Kragen trug. Na, Nele, wohl doch keine ordentlichen Hausaufgaben gemacht, dachte sie und bereute, das kleine Buch über die jüdische Religion, das Romy ihr noch kurz vor der Reise geschickt hatte, nicht dabei zu haben. Nele setzte an, sich auf Englisch zu unterhalten, doch ihr Gegenüber schaute sie fragend an. Der einzige Mensch, der im Moment nett zu ihr war, und sie konnten nicht miteinander reden...

Irina gestikulierte mit ihren Händen. „Irina, unsere fleißigste Küchenhelferin." Unbemerkt war Benjamin zu ihnen getreten und legte der kräftigen Frau, die ein gutes Stück kleiner war als er, einen Arm um die Schulter. Es beruhigte Nele nicht, dass nun auch Irina rot und verlegen wurde, ebenso wie sie selbst. So konnte das nicht weitergehen. Während Benjamin ihr erklärte, dass die Küchenhilfe Irina aus Russland stamme, versuchte Nele tapfer seinem Blick standzuhalten und dennoch sein ganzes Gesicht anzusehen. Das erste Mal aus der Nähe. Nicht außerirdisch schön... Vielleicht nicht mal schön im klassischen Sinne, so wie Annalena, und doch außergewöhnlich. Keine Sommersprossen, dafür zwei kleine Leberflecke an der linken Wange. Die Haut leicht gebräunt, eine Nase, nicht zu groß und nicht zu klein, haselnussbraune Augen, umrandet von dichten, schwarzen Wimpern. Sein Mund – Nele konzentrierte sich nun doch lieber auf seine Augen und nahm dennoch seinen Mund wahr, aus dem nette Worte an Irina herauskamen – nicht zu voll, aber von schmallippig weit entfernt. So anders als Lars' Gesicht. Nele ärgerte sich, dass sie an ihn dachte und konnte doch nicht umhin, die beiden jungen Männer zu vergleichen. Bei Lars hätte ein Foto gereicht, um sein gutes Aussehen zu ermessen, da war Nele sich sicher. Bei Benjamin brauchte es noch zusätzlich seine Art, die dafür sorgte, dass Nele es nach drei Minuten immer noch nicht schaffte, ihre Verlegenheit zu verlieren. Er sah sie an, sprach mit ihr und vermittelte Nele das Gefühl, sich wirklich mit ihr zu unterhalten. Ein Gefühl, welches sie bei Lars vermisste, der immerzu mit seiner Außenwirkung beschäftigt war, sodass er oft vergaß, wirklich bei sich und auch bei Nele zu sein.

Benjamin forderte Nele auf, sich etwas zu essen zu nehmen und nahm sich ebenfalls einen Teller. Obwohl sie schon lange nichts mehr gegessen hatte, spürte sie kaum Hunger und hoffte, dass die Appetitlosigkeit nicht nur an seiner Gegenwart lag. Sicher nicht nur – die ganze Situation in der fremden Umgebung hatte ihr den Appetit genommen und doch nahm sie sich ein wenig Salat und Wassermelone. „Käse vom Schaf." Benjamin, der nun neben ihr stand, nahm ein Stück Käse vom Teller und legte ihn Nele einfach auf ihre Melone. „Frech", wollte sie sagen und dabei kichern und ließ sich doch stillschweigend auffordern, die Kombination zu probieren. Sie nickte und sah zu den Tischen. Ob er sich zu ihr setzen würde? Sie wünschte es sich, denn sie hoffte, je länger sie mit ihm zusammen sein würde, umso eher würde sie sich endlich fangen und zu der Nele werden, die sie war und sein wollte.

„Da bist du!" Annalenna trat nun freundlich lächelnd zu ihnen und Nele glaubte einen Augenblick, die Freundlichkeit galt ihr. Wie naiv... Annalena hängte sich bei Benjamin ein und zog ihn mit sich fort. So konnte Nele nur noch beobachten, wie sie zu den anderen Kibbuzniks gingen und ebenfalls in den Fernseher sahen. Benjamin drehte sich nach Nele um, aber sie wollte seinen Blick nicht aufnehmen und setzte sich mit dem Rücken zu ihm an einen leeren Tisch.

Allein.

Irina, die anfing, das Büfett abzuräumen, lächelte ihr zu und Nele lächelte dankbar zurück. „Benjamin", sie sprach den Namen innerlich aus. Sicher war er wirklich freundlich, aber so wie es aussah, wohl auch Annalenas Freund. Glückliche Annalena, dachte Nele und fragte sich, wie sie dann so miesepetrig und launisch sein konnte. Ein leichter Stich durchfuhr Nele und sie versuchte erst gar nicht, das Gefühl zu verdrängen, das sie kurz in Beschlag nahm. Ein Teller mit Orangen und weiteren Melonenscheiben landete vor ihr. Nele sah auf und erkannte Irina, die sich vor sie setzte und freundlich lächelte. Russin - nein, mit Russisch konnte Nele nicht dienen, und doch zeigte sie auf den eingerissenen Kragen, froh, abgelenkt worden zu sein. Irina schien erst nicht zu verstehen, was ihr Gegenüber von ihr wollte und sah Nele fragend an, die nun ihren Kragen zeigte. „Ah", Irina verstand und versuchte nun pantomimisch zu erklären, was dieser Brauch bedeutete. Nele verstand es nicht und überlegte kurz, ob sie so tun sollte, als ob. Doch Irina nahm ihr die Entscheidung ab, lächelte freundlich und stand auf, um die Tische abzuwischen.

Der Sonnenschirm war geschlossen und niemand saß mehr um den Pool. „Trostlos" würde Nele das Bild nennen, das sich ihr bot, doch der Gedanke, nun in ihr Zimmer zu gehen, behagte ihr noch weniger, als sich an den leeren Pool zu setzen. Auch sie ließ nun ihre Beine ins Leere Becken hängen und atmete tief durch, in der Hoffnung, so ihre eigene Trostlosigkeit zu verdrängen. Sie spürte Tränen aufkommen - wann hatte sie sich jemals so gefühlt? „Du kannst jederzeit zurückkommen", die Worte ihres Vaters. Fast schon wie ein Mantra versuchte sie, mit ihrer Hilfe ihr Heimweh zu verdrängen.

Newcastle, eine Klassenfahrt, der Beginn ihrer Beziehung mit Lars. Nicht eine Minute hatte sie damals dieses Gefühl gehabt, was sie nun einnahm.

Der Gedanke wegzukommen, weit weg, hatte jegliche Befürchtungen verdrängt. Dazu kamen Romys aufmunternde Worte, die sie letztlich hierhergetragen hatten. Und da saß sie nun und wünschte sich zurück. Nach Hause. Die Tränen liefen und Nele ließ sie laufen, entschied aber doch, lieber in ihr Zimmer zu gehen. Sie wollte gerade aufstehen, als sich jemand neben sie setzte und ihr eine offene Zigarettenschachtel hinhielt. David. Schnell versuchte sie, ihre Tränen mit ihrem Arm wegzuwischen. Er hatte sie sicher schon längst gesehen und steckte sich eine Zigarette an, nachdem Nele abgelehnt hatte. „Ich halt das hier alles nicht mehr aus", sein hartes Englisch war erneut schwer zu verstehen und es dauerte einen Moment, bis Nele sich darauf einlassen konnte. „Es ist wirklich zum Weinen", nun hielt er ihr ein Taschentuch hin, was Nele verwundert entgegennahm und dennoch erleichtert hinein schnäuzte. Genug geweint.

„Erzähl mir von Europa", forderte er sie auf und sprach doch selbst weiter. Er erzählte, dass er eigentlich in die USA wollte, aber Europa sicher auch interessante Plätze hatte. „Alles besser als hier." Nele sah ihn fragend an und konnte nur vermuten, warum er gerade mit seinem Land haderte. „Kaum kommst du aus der Schule, musst du zur Armee und bist ihr auf ewig verpflichtet." „Bei uns müssen die Männer auch zur Armee", antwortete Nele und bemerkte ihren Fauxpas erst gar nicht. Erst als David berichtete, dass es kaum möglich war, zu verweigern, fiel Nele siedend heiß ein, dass sie gar nicht wusste, wie es sich in der Schweiz verhielt. David ging sowieso nicht auf sie ein und erklärte, sicher kein Pazifist zu sein.

„Natürlich müssen wir uns verteidigen", erzählte er und Neles Gedanken schweiften zu Lars ab.

„Also ehrlich, Nele, was würdest du lieber machen, sinnlose Übungen im Matsch, dich von irgendeinem Möchtegernoffizier zusammenschreien lassen oder lieber alten Frauen den Hintern abwischen?" Lars hatte sich damals viel Zeit gelassen bei seiner Entscheidung, was Nele nicht verstand und froh war, als er sich für das „Hinternabwischen" entschied, was dann ein Projekt in Bethel wurde. Bethel, dieser Stadtteil Bielefelds, der bekannt war für seine

„Bodelschwinghschen Anstalten". Benannt nach einem Pfarrer, der sich für das Miteinander „normaler" Menschen und solcher mit Behinderung einsetzte, versuchte man dort, dieses Anliegen in die Praxis umzusetzen. Für sie war es nie eine Frage gewesen. Sie wäre nie zur Bundeswehr gegangen, denn Nele glaubte sicher, Pazifistin zu sein. Wäre sie das hier auch? Sie versuchte, sich in David hineinzuversetzen, doch es gelang ihr nicht. Dennoch verstand sie seinen Unmut, keine Wahl zu haben, weil es die Bedingungen kaum zuließen. Sie sah David an und wusste nicht, was sie von ihm halten sollte.

Zuhause wäre sie schon bei seiner Ankunft aufgestanden. Sascha Hehn für Arme, dachte sie erneut und musste nun doch innerlich kichern. Fehlten nur noch das Goldkettchen und das offene Hemd. Mit hochgeschobener Sonnenbrille und machohaftem Gehabe bot er ihr noch einmal eine Zigarette an. Trotz allem war Nele froh, nicht mehr alleine zu sein und überlegte kurz, vielleicht doch eine Zigarette zu nehmen. Sie entschied sich dagegen und sah schweigend in den leeren Pool. Auch sein Unmut war inzwischen verflogen und so zog er schweigend an seiner Zigarette.

„Was bedeutet der eingerissene Kragen?", versuchte sie die Stille zu durchbrechen, die sie ein wenig verlegen machte. Er sah sie fragend an. Sie wiederholte die Frage langsamer und zeigte auf den Kragen seines Pullovers, der allerdings unversehrt war. „Ach", er schien zu verstehen und erklärte den Brauch, den Kragen einzureißen, wenn jemand gestorben war. „Allerdings", erklärte er weiter, dass dies nur bei Verwandten gemacht werde, „eben als Zeichen der Trauer." Nele nickte. „Ich mag nicht mehr überall Feinde. Erst die Deutschen, dann die Engländer, nun die Araber und morgen?" Nun sah er sie an und fing an zu lachen. „So ein hübsches Mädchen und ich jammere. Komm, ich führe dich noch ein bisschen herum." Er war aufgestanden und reichte ihr die Hand, um ihr hochzuhelfen. Dankend lehnte sie ab und bat ihn, sie zu ihrem Zimmer zu bringen. Erst als sie dort angekommen waren, fiel ihr ein, dass sie ja gar nicht wusste, wo und vor allem wann sie am nächsten Tag anfangen sollte, zu arbeiten. So brachte David Nele schließlich zu Ewa, um noch schnell eine Auskunft zu bekommen. „Bitte versteh mich nicht falsch - ich liebe mein Land. Aber manchmal ist es schwer und ich denke oft daran, es zu verlassen... aber wahrscheinlich fehlt mir sowieso der Mut." Er lächelte verschwörerisch.

„Und solange hier ab und zu so hübsche Schweizerinnen auftauchen, was soll ich mich da weiter beklagen?"

Sie lächelte zurück und musste sich eingestehen, Macho hin oder her, er war ihr durchaus ein wenig sympathisch. Dennoch war sie erleichtert, dass er ihr keinen Kuss gab und sie vor Ewas Tür stehen ließ.

Kein eigenes Häuschen. Auch nur ein Zimmer, wie Nele feststellte und sich wunderte, dass die Tür offenstand. Sie klopfte erst zaghaft und dann stärker, weil keine Antwort kam. „Komm doch rein."

Die Verlegenheit kroch so schnell durch ihren Körper, dass sie ihr keine Zeit ließ, rot zu werden. Nele versuchte, sich einen schlimmeren Anblick heraufzubeschwören und sah kurz vor ihrem inneren Auge ihre einst so vertrauten Freunde innig miteinander knutschen. Doch selbst dieser Anblick, auch wenn er immer noch weh tat, schaffte es nicht, das gegenwärtige Bild zu verdrängen. Nun spürte sie schließlich doch, wie sich die Röte auf sämtliche Körperteile legte.

„Entschuldige, ich dachte Sascha hätte geklopft." Ewa schien nicht verlegen und nahm trotzdem eine Wolldecke, um sie auf ihr Bein zu legen. Zumindest auf den Teil, der einmal ein ganzes Bein gewesen war. „Es tut mir –", sie unterbrach sich selbst und erklärte noch einmal, einen Sascha zu erwarten. Nele, noch immer geschockt, versuchte ihr Anliegen zu erklären. Doch irgendwie fand sie die Worte nicht und war dankbar, als Ewa sie aufforderte, sich zu ihr zu setzten. „Darauf warst du wohl nicht vorbereitet... Hier hat jede Familie ihr eigenes Schicksal."

Nele nickte und überlegte, was Romy alles erzählt hatte, aber in ihren ganzen Schwärmereien war tatsächlich wenig Platz für Trauriges.

„Auch Benjamin hat seine Geschichte", Ewa reichte Nele einen Teller mit Gebäck. Nele nahm einen Keks und wusste bereits, er würde es schwer haben, durch ihren trockenen Mund den Körper hinab zu wandern. Sie biss ein Stück ab und hörte Ewa weiter zu, die erzählte, dass Benjamins Großmutter 1945 als einzige ihrer Familie Palästina erreichte. „Als einzige Überlebende?", fragte Nele und musste Ewas Nicken nicht sehen, um die Antwort zu wissen. Sie schwiegen eine Weile und Nele ließ ihren Blick durch das Wohnzimmer schweifen. Ein großes Bild an der Wand, ähnlich einem anderen, das noch nicht ganz fertig an einer Staffelei lehnte. Im Gegensatz zu ihrem Zimmer war dieses hier gemütlich eingerichtet und strahlte Wärme aus. „Lass

Benjamin ruhig ein wenig Zeit, dich kennenzulernen." Nele nickte erneut, war sich aber nicht sicher, ob das wirklich der richtige Weg war. „Sascha", durch die offene Tür war jemand hereingekommen und ging auf Ewa zu, um ihr einen Kuss zu geben. Nele stand auf und spürte, wie sie erneut verlegen wurde. Sie schaffte es dennoch, freundlich zu lächeln, als Ewas Freundin ihr die Hand reichte. Sie verließ das Pärchen, wie Nele vermutete, und erinnerte sich erst, als sie vor ihrem Haus stand, warum sie überhaupt dort hingegangen war.

Der geliehene Wecker musste nicht klingeln. Nele hatte ohnehin kaum geschlafen, unruhig geträumt und nach dem Sonnenaufgang ständig auf die Uhr gesehen, nicht wissend, ob sie froh war, dass die Zeit nicht vergehen wollte.
Der Vormittag verging wie im Flug. Nele wurde einer Kindergruppe Vorschülern zugeteilt. Alle Kinder bis fünf Jahre galten als Vorschüler und wurden altersgemischt betreut. Dazu gab es mehrere kindgerecht eingerichtete Räume und eine nette Erzieherin. Zumindest glaubte Nele, dass sie freundlich war, wirklich verstehen konnten sie sich nicht. Einzig ein paar französische Worte waren hin und her gewandert. Auch die Kinder verstanden sie nicht, was sie aber nicht abhielt, sie neugierig und freudig in Beschlag zu nehmen. Nele wusste, dass sie mit Scheu die Herzen der ihr Anvertrauten nicht gewinnen konnte und taute auf, während sie mit einigen Kindern Fußball spielte. Esther, die am Sandkasten saß, lächelte ihr aufmunternd zu und Nele merkte, wie ihre Anspannung ein wenig abzufallen schien. Hätte sie gewusst, dass Benjamin im Gebäude direkt über ihr arbeitete und ab und zu amüsiert aus dem Fenster sah, hätte sie sich wahrscheinlich nicht so fallen lassen können.
„Reise hin und finde heraus, wie die Arbeit mit den Kindern ist", hatte Romy argumentiert und Nele tatsächlich überzeugt, doch nach Israel zu reisen. Wohin auch sonst? Englisch musste Nele nicht mehr lernen und auch ihr Französisch war mehr als passabel und bedurfte keiner großen Vertiefung.
Warum nicht Hebräisch, redete sie sich erneut ein, während sie vom Tor auf das Feld wechselte. Der Ball flog in ihre Richtung, traf sie am Bauch und Nele ließ sich absichtlich fallen. Gleich kamen zwei

Mädchen zu ihr gelaufen und warfen sich lachend auf sie. Und dann sah sie ihn doch. Er fühlte sich nicht einmal ertappt und winkte ihr lächelnd zurück, während sie immer noch am Boden lag. Natürlich hatte sie an ihn gedacht. Sich gefragt, wo er arbeiten würde und, vor allem, wann sie sich wieder begegnen würden. Diesmal war es ihr egal, dass sie erneut das Blut in ihre Wangen schießen spürte, glaubte sie doch, vom Toben schon rot zu sein. Während sie versuchte aufzustehen, winkte sie zurück und probierte, auch zu lächeln. Sie war so lange mit Lars zusammen gewesen, dass sie nie gelernt hatte, zu flirten. Unverbindlich schon, aber immer mit dem Gedanken, dass es nur beim Flirt bleiben würde. Aber schon der gutaussehende Israeli am Flughafen hatte ihr gezeigt, dass sie es noch lange nicht beherrschen würde.

Benjamin hatte sich umgedreht und wohl wieder seinen Schülern zugewandt. „Dort oben sind die Schulräume", erinnerte sie sich an die gelangweilte Erklärung Annalenas. Also Lehrer, dachte Hannah und fragte sich, wie ein so junger Mann schon Lehrer sein konnte. Oder war er gar nicht mehr so jung? Also zu alt… dachte sie weiter und bemerkte, dass sich eine Erleichterung über diese Erkenntnis nicht einstellen wollte.

Überraschenderweise vergingen die ersten Tage tatsächlich wie im Flug. Die Kibbuzniks, die sie bis dahin noch nicht kannte, waren größtenteils sehr aufgeschlossen und das Wissen, dass es auch andere Mitbewohner gab, die ebenfalls noch nicht so lange da waren, entließen sie aus ihrer Einsamkeit. Zwei Mal in der Woche ging Nele zum Hebräischunterricht. Mit ihr lernten noch zwölf weitere Mitschüler die semitische Sprache. „Schalom", begrüßte sie Irina und forderte sie auf, neben ihr Platz zu nehmen. Ein weiteres „Schalom" hallte durch den Klassenraum, in dem sonst Benjamin stand und unterrichtete. Nele hatte den kleinen Mann kaum beachtet, als er eingetreten war und konnte dann doch nicht mehr den Blick von ihm lassen. Er trug einen langen dunklen Bart, der kaum zu seinen grauen Haaren passen wollte, die unter einem schwarzen, breiten Hut herauslugten. Um seine Arme hatte er schwarze Gebetsriemen gebunden, die Tefillin, wie er später erklärte, und sah ernst in die Runde.

Vor vielen Jahren hatte es auch viele orthodoxe Juden in Deutschland gegeben, durchfuhr es Nele und sie ärgerte sich darüber, dass sie noch vor Beginn des Unterrichts versucht hatte, zu erkennen, wer wohl Jude war und wer nicht. Sie wusste, dass diese Gedanken nicht gut waren, schaffte es aber nicht, sie auszuschalten. Es wurde laut Russisch geredet, wie Nele richtig vermutete. Er trat direkt vor sie und sah Nele an. „Eine neue Schülerin", sprach er sie auf Englisch an und Nele nickte ihm zu. Irgendwie passte sein frecher Blick nicht zu dem strengen Aussehen, welches sie erneut daran hinderte, endlich zu sagen, dass sie aus Deutschland kam. So nannte sie nur ihren Namen und sah überrascht zu, als er anfing, seine „Verkleidung" auszuziehen, während er abwechselnd auf Russisch und Englisch erklärte, was er auszog und warum die Orthodoxen es so trugen. Übrig blieb tatsächlich ein grauhaariger Mann, allerdings nur mit kurzem grauem Bart. „Kelmend", hatte er sich vorgestellt und erzählt, dass er aus Albanien stamme. Er schaffte es, Nele gut in den Unterricht zu integrieren und so konnte sie am Ende der ersten Stunden nicht nur „Schalom" sagen, sondern auch schreiben.

So wie erhofft, war noch kein Schüler da, als Nele vor die Tür trat. Er stand an seinem Pult und schien Zeichnungen zu sortieren. „Entschuldige", sie war nicht sicher, ob sie einfach eintreten sollte und wartete, bis er sie bat, hereinzukommen. Er nickte ihr zu, freundlich, unverbindlich - verlegen? Nele erklärte, einen Stift zu suchen, den sie am Abend zuvor vergessen hatte. Dass sie ihn extra dort liegen gelassen hatte, um genau in dieser Situation zu landen, erklärte sie selbstverständlich nicht. Benjamin nahm den vermissten Stift vom Pult und wedelte mit ihm herum. Kurz glaubte Nele, dass auch er verlegen zu sein schien, doch ihr Kampf gegen das Rotwerden nahm ihre ganze Kraft in Anspruch. Sie hoffte, ihn gewonnen zu haben und sah ihm mutig in die Augen. „Was gibst du mir, wenn ich ihn dir gebe?" Auch er sah sie an und kurz ließen sie ihre Blicke aufeinander ruhen. Vielleicht hätten sie sich sogar noch eine Weile angesehen, doch das Auftauchen zweier Schüler versetzte sie wieder in die Gegenwart. „Ich weiß nicht", antwortete Nele und wollte nach dem Bleistift greifen. „Dann überleg dir was." Keck ließ er ihn in seine Schulmappe fallen und wendete sich an die hereinkommenden Schüler. „Na gut", antwortet Nele und verließ den Klassenraum. „Nele", sie war schon ein paar Stufen heruntergestiegen, als er hinter ihr auftauchte. „Wir...", Nele war für einen Moment wirklich überzeugt, dass auch er verlegen war. Sogleich verwarf sie diesen Gedanken wieder und nahm an, dass er wohl nur die richtigen Worte suchte, trotz seines tadellosen Englischs. Aber auch Nele dachte manche Sätze vorher in Deutsch, bevor sie die Gedanken auf Englisch aussprach. „Wir wollen morgen nach Tel Aviv fahren, ein bisschen ausgehen, unseren Kummer vergessen", erklärte Benjamin und fragte, ob Nele mitkommen wolle – und Nele wollte. „Gerne", antwortete sie und vergaß ihren Vorsatz, erstmal ein wenig zu zögern, bevor sie antwortete. Aber es war ja kein Rendezvous, zu dem er sie einlud, entschuldigte sich Nele innerlich dafür, ihrer Regel nicht gefolgt zu sein. Zudem dachte sie an einen Satz aus ihrem Lieblingsfilm: „Stolz ist ein Luxus, den eine Frau, die liebt, sich nicht leisten kann." Hatte er mit ihr geflirtet? Nele traute sich nicht, sich diese Frage selbst zu beantworten und war dennoch gut gelaunt, als sie den Kindergartenraum betrat.

Was ziehe ich bloß an? Sie hatte nicht daran gedacht, dass sie auch ausgehen würde und daher keine große Wahl. Einzig ein schwarzer Wickelrock kam in Frage und Nele musste zwischen drei Oberteilen wählen. Sie hatte die Wahl noch nicht getroffen und stand ohne Oberteil da, als es an ihrer Tür klopfte. Schnell versuchte sie, ein T-Shirt überzuziehen, als die Tür schon geöffnet wurde. Annalena war ohne Aufforderung eingetreten und sah zu Nele, die gerade ihr Shirt herunterzog und dabei beschloss, ihre Tür in Zukunft auch tagsüber abzuschließen. Annalena musterte Nele ohne jede Scham und sah sie von oben bis unten an. „Du kommst mit in die Stadt?" Nele nickte. „Na gut", irgendwie glaubte Nele ein Zögern bei ihrem Gegenüber zu bemerken. Doch sie sprachen Deutsch miteinander, wobei Annalena ihren österreichischen Dialekt kaum verbergen konnte und es wohl auch nicht versuchte. „Wir treffen uns um 8 Uhr am Parkplatz", sagte sie diesmal auf Englisch und verließ, ohne eine Reaktion abzuwarten, das Zimmer. Wir werden wohl keine Freunde werden, dachte Nele und war erleichtert, wieder allein zu sein. Tatsächlich hatte die schöne Dunkelhaarige es geschafft, dass Nele sich nun noch unsicherer war, was sie anziehen sollte.

Es gab kein Zurück mehr… Um kurz vor acht machte Nele sich auf den Weg zum Parkplatz und auch wenn Annalena wohl mitkommen würde, wollte sich Nele ihre Vorfreude nicht nehmen lassen. Sie hatte in den letzten Tagen kaum mit Benjamin gesprochen, doch jedes Mal, wenn sie sich begegneten, war er sehr nett und Nele glaubte – wollte glauben – dass er tatsächlich mit ihr flirtete. Und nun sollten sie einen Abend zusammen verbringen... Zwar nicht allein, aber das störte Nele nicht, im Gegenteil gaben ihr die anderen doch noch ein wenig Schutz und dem Ganzen etwas Unverbindliches. Auf dem Parkplatz standen vereinzelt ein paar Autos, allerdings konnte Nele nicht den VW-Bus entdecken, von dem sie glaubte, dass er sie nach Tel Aviv bringen würde. Auch kein Mensch war weit und breit zu sehen, zumindest kein Wartender. Nele versuchte sich an die Vorträge ihrer Tante zu erinnern. Hatte sie etwas von der Pünktlichkeit der Israelis erzählt? Nele war pünktlich, wahrscheinlich würden die anderen später kommen. Sie nahm auf einem großen Stein am Rande Platz und wartete und wartete. „Nele!" Die Angesprochene war so in ihre Gedanken versunken, dass sie nicht mitbekam, dass Ewa und Sascha auf dem Parkplatz erschienen. „Nele!", diesmal lauter und näher. Erschrocken sah Nele auf, in Ewas verwundertes Gesicht. Nele erzählte ihr, warum sie wartete und Ewa erklärte ihr, dass die anderen schon um 18 Uhr gefahren waren. „Ach", versuchte Nele sich zu erklären, sie habe 18 Uhr mit 8 Uhr abends verwechselt, war sich aber sicher, dass Annalena 8 Uhr gesagt hatte. „Das tut mir leid", sagte Ewa und sprach auf Hebräisch mit ihrer Freundin, die emotionslos nickte. „Sie werden sicher noch am Strand sein, wir können dich mitnehmen." „Ach, ihr fahrt auch nach Tel Aviv?" Nele dachte kurz über den Vorschlag nach, verwarf ihn aber ganz, als Ewa erklärte, eigentlich nach Jaffa zu wollen und blieb bei ihrer Entscheidung, nicht mitzufahren, auch als Ewa erklärte, Jaffa läge direkt neben Tel Aviv.

Sie sah dem wegfahrenden Pärchen hinterher und musste erneut gegen ihre Einsamkeit kämpfen.

Der Schlaf wollte nicht kommen. Nele war sicher, dass Annalena ihr absichtlich die falsche Zeit genannt hatte. Aber warum? Nele war sich ihrer eigenen Attraktivität bewusst, aber Annalena war doch eine Schönheit. Sollte es ihr schmeicheln, dass sie sie als Konkurrenz sah? Es schmeichelte ihr nicht. Sie wollte diese Konkurrenzkämpfe nicht – hatte sie einen doch gerade so erfolglos hinter sich gebracht.

Sie schien sich nicht einmal die Mühe zu machen, leise zu sein. Obwohl sie die hebräischen Worte nicht verstand, glaubte Nele, sie an ihrem Lachen zu erkennen. Unnatürlich und laut. Nele war also doch noch eingeschlafen, aber nicht fest, sonst wäre sie wohl nicht sofort wach geworden, als sie die Nachtschwärmer zurückkommen hörte. Wie spät es war, konnte Nele nur erahnen. Um auf den geliehenen Wecker sehen zu können, hätte sie Licht gebraucht. Und das wollte Nele nicht anmachen, da sie befürchtete, die draußen würden es mitbekommen. Sie hatte die Vorhänge nicht geschlossen und widerstand kurz der Idee, nachschauen zu gehen. Inzwischen waren sie auch im Haus und das Gekicher Annalenas hallte durch den Flur. Jemand machte „pscht" und doch dauerte es einen Moment, bis es wieder ruhig wurde.

Eigentlich hatte Nele vorgehabt, lange zu schlafen und doch wälzte sie sich morgens hin und her. So beschloss sie, joggen zu gehen. Wie erhofft, waren wenige Kibbuzniks unterwegs und Nele konnte unbeobachtet laufen. Aus ihrem Walkman sang Madonna etwas von … und schaffte es, dass Nele trotz der körperlichen Anstrengung zumindest seelisch ein wenig zur Ruhe kam. Sie wollte nicht mehr weg. Die Arbeit mit den Kindern gefiel ihr und auch der junge Lehrer, der in der Etage über ihr arbeitete, ließ ihr Heimweh schwinden. Nele ertappte sich dabei, nach ihm Ausschau zu halten, als sie wieder in die Nähe ihres Wohnhauses kam. Es war aber ausgerechnet Annalena, die heraustrat. Ebenfalls in Sportklamotten, tat sie so, als ob sie Nele nicht sehen würde. Nele hatte sich vorgenommen, sie auf die falsche Verabredung anzusprechen. Sie zu fragen, warum sie acht Uhr gesagt hatte und nicht achtzehn. Doch sie ahnte, dass Annalena sich sicher nicht entschuldigen und im Gegenteil ihren Triumph noch auskosten würde. 1:0 für dich, dachte Nele und zögerte, an Annalena vorbeizugehen. Diese zögerte jedoch keineswegs und trat zu Nele. „Wo warst du denn gestern?" Tatsächlich! Nele glaubte erst, nicht richtig gehört zu haben, aber Annalena besaß wirklich die Frechheit, zu fragen. Ich war doch um acht Uhr da und wollte so gerne mitkommen! Niemals hätte Nele sich die Blöße gegeben, diesen Satz laut auszusprechen. Dann eben noch eine Lüge. Darauf kam es nun auch nicht mehr an, glaubte sie, und war trotzdem entsetzt über sich, wie leicht es ihr fiel, zu erklären, dass sie dann doch keine Lust mehr gehabt hatte. Sie ging zum Haus und drehte sich nicht mehr um, um Annalena nachzusehen, die nun davonjoggte.

„Heidi." Sie war zurückgekommen. Nele wollte gerade ansetzen zu sagen, dass sie nicht Heidi heiße, doch Annalena gab ihr nicht die Zeit dazu. „Du passt eh nicht zu uns." Sie lief vor ihr auf der Stelle und zog ihren Davidstern an ihrer Halskette unter dem Sportshirt hervor und spielte damit, während sie weiter auf der Stelle lief. Es reichte Nele, sie hatte nun einfach keine Lust mehr auf das Gespräch und ließ Annalena stehen, die ihr prompt folgte. „Scheinbar hast du ein Problem mit mir. Weißt du was, lass mich doch einfach in Ruhe!" Nele war froh, den Satz ohne zu stottern zu Ende zu bringen, merkte aber, wie sie anfing zu zittern. „Entschuldige", nun stand Annalena da und hielt Nele tatsächlich am Arm fest. „Warum sollte ich ein Problem mit dir haben?" Sie ließ los, nicht ohne den Arm ein wenig wegzuhauen. „Schau mal dich an und schau mal mich an." Das war genug für Nele. Obwohl sie schon fast an der Haustür war, lief sie los und beeilte sich, die Tür zu öffnen. „Du bist ja nicht mal Jüdin, Heidi." Nele blieb stehen und drehte sich um. Was sollte das denn? Nein, ich bin keine Jüdin, viel schlimmer, ich bin eine Deutsche! Sie wollte es endlich aussprechen und hatte nun genug Mut, vielleicht war es auch nur Wut. Und doch schwieg sie und sah Annalena hinterher, die, den Pferdeschwanz wippend, nun ebenfalls einen Kopfhörer aufgesetzt hatte.

Nele zitterte immer noch, als sie sich auf ihr Bett setzte. „Schau dich an und dann schau mich an." Sie musste nicht in den Spiegel sehen, um zu wissen, dass Annalena sicher bei einem Schönheitswettbewerb den ein oder anderen Platz vor ihr belegen würde. Dennoch musste sie irgendeine Gefahr darstellen, denn so reif war Nele schon, zu wissen, dass Hass fast ausschließlich aus Neid und Eifersucht entstand. Wann hatte eigentlich ihre beste Freundin angefangen, sie zu hassen? Schnell nahm sie ein Handtuch und ging zur Dusche, in der Hoffnung, Annalena erst einmal nicht mehr begegnen zu müssen.

Ihr Gekicher war erneut nicht zu überhören. Doch diesmal widerstand Nele nicht dem Drang, ihrer Neugier nachzugeben. So trat sie vorsichtig an den Rand ihres Fensters und versuchte, selbst ungesehen, hinauszusehen. Es gelang ihr nicht. Nele konnte kaum erfassen, was sie gerade sah, da trafen sich auch schon ihre Blicke. Ertappt trat Nele zurück. 2:0 für Annalena. Sie hatte ihren Arm um Benjamin gelegt, der mit ihr zum Haus kam. Ihr Gekicher setzte sich im Flur fort und versetzte Nele schmerzhafte Stiche in die Brust. Obwohl sie wusste, dass Annalena nicht direkt neben ihr wohnte und somit keine quälenden Geräusche zu ihr dringen konnten, schloss Nele das Fenster, legte sich ins Bett und zog ihre Bettdecke über den Kopf. Tatsächlich hörte sie nun nichts mehr, außer dem Rauschen in ihren Ohren. So hörte sie auch nicht, dass schon kurz danach eine Tür im Flur geöffnet wurde und ein junger Mann das Haus wieder verließ.

Sie hatte es ans Meer geschafft. Wissend, dass am Sabbat kein Bus fuhr, hatte sie Ewa gefragt, ob jemand nach Tel Aviv fuhr und so waren es Ewa und Sascha, die sie mitgenommen hatten. Saschas Eltern lebten in Jaffa und sie verabredeten sich für den späten Nachmittag, um wieder zurückzukommen. Sie war auch in Jaffa geblieben, hatte sich auf eine Steinmauer gesetzt und aufs Meer gesehen. Das Meer spiegelte die vielen Wolken am Himmel wider und schaffte es tatsächlich, Nele zu beruhigen. Sie sah Richtung Tel Aviv, das sich, modern und neu, an das alte Jaffa anschmiegte. Ihr gefiel der Anblick, ihr gefiel das Land, das so viele Fragen aufwarf und ihr noch nicht die Chance gegeben hatte, ihre wahre Herkunft preiszugeben. Sie brauchte keinen Lars und keinen Benjamin, um glücklich zu sein und so schaffte es allein der Augenblick, ihr ihren Kummer zu nehmen. Er ließ sie sogar kurz glücklich sein und entschlossen, in Zukunft nicht mehr zu lügen und sich auch nicht mehr einschüchtern zu lassen.
Doch so schnell die Vorsätze kamen, verließen sie sie wieder. Sie hielt ihr Tablett in den Händen und sah in den Saal. Er sah kurz zu ihr, zu kurz, um ihr das Gefühl zu geben, sich zu ihm setzen zu können. Er hatte nicht gelächelt, nicht mal genickt. Doch sollte sie sich alleine hinsetzen? Keine Irina als Rettung war zu sehen und auch keine Ewa. „Hey", die Rettung in Gestalt von David tauchte neben ihr auf. Ebenfalls bewaffnet mit einem vollen Tablett, dirigierte er sie schließlich doch an den Tisch, an dem Benjamin saß und ihr keinen weiteren Blick schenkte. Obwohl sie sich eigentlich verbot, sich Gedanken um ihn zu machen, fragte sie sich dennoch, warum er so abweisend war. Der Tisch füllte sich und die Kibbuzniks sprachen eifrig in ihrer Muttersprache miteinander. David fragte kurz, ob er für Nele übersetzten solle, doch sie winkte ab.

Annalena betrat den Saal. Gefolgt von einer dicken, schweren Parfümwolke, die so gar nicht zu der jungen Frau passen wollte, kam sie leicht hinkend zu ihnen. Auch sie würdigte Nele keines Blickes und setzte sich Benjamin gegenüber.

Daher also die unnatürliche Haltung Annalenas, auf Benjamin gestützt, die Nele etwas fragend zurückließ, als sie sich schnell vom Fenster entfernt hatte. Sie hatte sich wohl beim Joggen verletzt und Benjamin war so nett gewesen und hatte sie zu ihrem Zimmer gebracht. Doch diese Überlegungen beruhigten Nele selbst dann nicht, als sie sah, dass Benjamin den Arm zurückzog, auf den Annalena nun versuchte, ihre Hand zu legen, und alleine den Speisesaal verließ. Na dann jetzt! Ernsthaft entschlossen stand Nele auf und wollte Benjamin folgen, den sie aber schon nicht mehr sehen konnte. Aus Angst davor, ihren Mut schnell wieder zu verlieren, trat sie beherzt aus dem Speisesaal, konnte ihn aber auch auf dem Gelände nicht mehr entdecken. „Mist", sagte sie sich und sah Ewa und Sascha auf sich zukommen. „Alles in Ordnung?" Erst war es eine floskelhafte Frage, doch als Sascha vor Nele stand, glaubte sie zu erkennen, dass es Nele nicht gut ging. Sie schüttelte den Kopf und spürte Tränen aufkommen. Ewa nickte ihrer Freundin zu, die ein Stück zur Seite trat und anfing mit ihren Fingern zu spielen, auf die Nele sah, während sie von ihrer Befürchtung erzählte, dass Benjamin wusste, woher sie wirklich stammte. Ewa schüttelte den Kopf und beteuerte, niemandem davon erzählt zu haben. „Es muss einen anderen Grund haben, warum er dir aus dem Weg geht." Sie streichelte Nele aufmunternd über den Arm und gab ihr den Rat, Benjamin doch einfach nach seinem Grund zu fragen. Sascha trat zu ihnen und Ewa ließ Neles Arm schnell los. „Ich muss dann mal", sagte Ewa. „Du siehst, Sascha ist wohl ein wenig eifersüchtig." Sie zwinkerte Nele herzlich zu, bevor sie sich an Sascha wandte und mit ihr in den Speisesaal trat.

Natürlich, das war es. Eifersucht. Irgendwie geahnt hatte sie es ja schon, aber zur wirklichen Gewissheit brauchte sie noch ein paar Tage. Benjamin gab sich weiterhin unverbindlich und die Kinder nahmen Nele so in Beschlag, dass sie abgelenkt war und abends müde ins Bett fiel.

„Ein Brief von deinem Freund." „Boyfriend", sie hatte es auf Englisch gesagt und den Boyfriend betont, bevor sie den Umschlag vor Neles Essen legte, womit sie tatsächlich erreichte, dass es kurz still am Tisch wurde. Neugierig sahen die Kinder zu Nele, die etwas verwirrt auf den Umschlag sah. Auch am Nachbartisch, an dem Benjamin mit einigen seiner Schüler saß, hatten die Gespräche aufgehört, allerdings nur kurz. Die kleinen Kinder fingen ebenfalls wieder an, laut zu werden, noch bevor Annalena hinausgegangen war. Zum Mittagessen gingen Schüler und Kindergartenkinder zusammen und aßen in der Regel vor den Kibbuzniks. Nele drehte den Umschlag hin und her und las tatsächlich Lars' Namen. Angewidert stand sie auf und ging zu einem Mülleimer. „Ich habe keinen Freund!", sagte sie an die Kinder gewandt, in der Hoffnung, dass Benjamin sie hörte und auch beobachtete, während sie den Umschlag demonstrativ in den Papierkorb warf.

Der Umschlag! Sie war gerade dabei, eine Sandburg zu bauen, als ihr erschrocken einfiel, warum sie den Umschlag doch holen sollte. Sie konnte allerdings nicht weg. Sie war allein. In der letzten Stunde waren kaum noch Kinder da und Nele war stolz, dass ihr bereits das Vertrauen geschenkt wurde, alleine zu bleiben. Sie mochte die Zeit, in der einzelne Kinder ihre ganze Aufmerksamkeit bekommen konnten und Nele die der Kinder. Gerade in dieser Zeit lernte sie mehr hebräische Worte, als während des durchaus noch witzigen Unterrichts. Auch wenn die Worte sich meist um Dinge aus der kindlichen Welt drehten, war Nele doch schon in der Lage, kleine Fingerspiele auf Hebräisch durchzuführen.

Gott sei Dank! Der Mülleimer war noch nicht geleert und der Saal leer. Nur Irina war dabei, ein paar Tische herzurichten. Sie lächelte Nele freundlich zu und konzentrierte sich, zu Neles Erleichterung, sehr auf ihre Arbeit, sodass Nele unbeobachtet zum Mülleimer gehen konnte. Er war ziemlich voll und Nele musste wühlen, um den Umschlag zu finden. Doch Nele fand ihn nicht. Er war nicht da. Unruhig setzte Nele sich vor den ausgekippten Mülleimer und fing an, ihn langsam wieder einzuräumen. Irina trat zu ihr und sah Nele verwundert an. Nele glaubte, dass es keinen Sinn machen würde, zu erklären, was sie suchte. Zudem fehlten ihr einfach auch die Worte dafür. Sie versuchte, freundlich zu lächeln und stellte den Eimer zurück. Verflucht! Was, wenn er in Annalenas Hände gelangt war?

Sie trat aus dem Speisesaal. Obwohl einige Wolken am Himmel hingen, schien kein Regen in Sicht, dazu war es sehr mild. Kein Wetter, um im Zimmer zu grübeln. Am Swimmingpool saßen einige Kibbuzniks. David, dazwischen, winkte ihr auffordernd zu. Nele vernahm das alles andere als natürlich klingende Gelache von Annalena, welches nicht der einzige Grund war, warum Nele den Kopf schüttelte und weiterging. Hatte sie den Brief? Las sie ihn vor, zeigte sie die Briefmarke herum? Nele sah zurück und konnte nicht erkennen, ob die kühle Schönheit etwas in der Hand hielt. Ein Stück weiter stand ein großer Baum, an dessen Stamm sie langsam herunterrutschte. Eine Eiche! Etwas Heimat... - die es aber nicht schaffte, sie zu beruhigen.

Was sollte sie sagen? Natürlich konnte sie erklären, dass Lars Deutscher sei oder ein Schweizer, der in Deutschland lebe - oder einfach die Wahrheit... Sie war nicht die einzige Deutsche. Hatte sie Benjamin jemals mit den anderen reden sehen?

„Ich glaube, der ist am besten bei dir aufgehoben." Er stand vor ihr, hatte ihr keinen Vorsprung gelassen, war hereingeplatzt in ihre Gedanken und wedelte mit dem Umschlag. Keine Erleichterung, nur wieder das unnötige Erröten... Hatte er jemals ihre natürliche Gesichtsfarbe gesehen? „Ich möchte ihn nicht", sagte sie und nahm ihn trotzdem. Hunde: zwei Dackel und ein Schäferhund, ausgerechnet! Hatte Hitler nicht einen Schäferhund, den er mehr liebte als jeden seiner Bürger? „Für die Jugend", stand darüber. „Deutschland" darunter, dazu der passende Stempel. Natürlich... Sie zerriss den Brief in der Mitte.

„Annalena wollte ihn nehmen, ich war schneller." Nun lächelte er, und Nele, mit ihrer eigenen Verlegenheit kämpfend, sah nicht, dass auch ihr Gegenüber verlegen war. Gefühlte Minuten stand er vor ihr, bevor er sich auch an den Baum lehnte und herunterrutschte. Er hatte seine Gitarre dabei und zupfte leise über die Saiten. Sie sah auf die Hunde in ihrem Schoß. „Der Brief ist aus Deutschland", sagte sie und wusste, dass sie nicht mehr lügen wollte. Allerdings wollte sie auch nicht gleich erzählen, dass ihr Freund - ihr Exfreund - dort studierte. Konnte er es ihr wirklich übelnehmen? Und wenn schon, er saß bei ihr, nicht bei Annalena!

„Ausgerechnet meine Großmutter hat sie mir geschenkt. Einfach so, ohne anzuprobieren." Fragend sah Nele zu den Schuhen an Benjamins Füßen, mit denen er nun demonstrativ wackelte. Weiße

Basketballstiefel mit drei blauen Streifen. Viele trugen diese Turnschuhe - zu viele, sodass Nele beschlossen hatte, sie nicht zu kaufen, obwohl sie ihr auch gefielen. Worauf wollte er hinaus? Fragend sah sie ihn an und vergaß kurz ihr Geständnis. „Deutsche Schuhe", beantwortete er ihre ungestellte Frage. „Adidas?" Das wusste Nele nicht, hatte sich auch nie Gedanken darüber gemacht. Und so hörte sie gespannt zu, wie er ihr erzählte, dass Adidas von zwei Deutschen gegründet worden war, beide Mitglieder der NSDAP und einer davon hieß ausgerechnet „Adolf". Benjamin wiederholte den Namen verächtlich. „Ist das zu glauben? Und ich trage ihre Schuhe." Jetzt war der Moment gekommen. Nele sah gerade aus und vermied es, ihn anzuschauen. „Das ist doch schon sehr lange her." Eine Floskel, sicher aber doch der richtige Anfang, wie sie fand. Sie formulierte die Worte im Kopf auf Englisch und war fest entschlossen, weiterzureden. „Das schon." Er sah sie an. „Ich musste nicht zur Armee, hätte gehen können, aber das ist eine andere Geschichte." Er zupfte wieder an einer Saite, diesmal lauter, und wirbelte Neles Gedanken durcheinander. „Viele von uns, Israelis, meine ich…" Auch er schien nach Worten zu suchen und fand sie schließlich, „…reisen erst einmal über die Erde, bevor wir eingezogen werden." Erneutes Zupfen, diesmal leise. „Australien, USA und gerne auch nach Europa." Nele nickte und erinnerte sich an ein paar Israelis im Zug nach Berlin. Nele hatte sie bewundert, da sie keine Hemmungen zeigten und laut das ganze Abteil zu unterhalten schienen. „Ich war in Europa mit meiner Großmutter", unterbrach er die kurz abschweifenden Gedanken seiner Zuhörerin. „Nach Theresienstadt wollte sie nicht mit, ich meine das Lager", erklärte er und erzählte weiter davon, wie er alleine gefahren, während sie in Prag geblieben war. Nach Auschwitz hatte sie ihn dann begleitet. „Mir fehlte die Fantasie, mir vorzustellen, was dort passiert war. Vielleicht wollte ich auch nicht, und so beobachtete ich die anderen Besucher." Er nahm die Gitarre auf den Schoß und zupfte eine Melodie, die Nele unbekannt war. Vielleicht improvisierte er auch. Er erzählte weiter von einer Gruppe Deutscher - eine Schulklasse, vermutete Benjamin. Betroffene Gesichter, zwei Mädchen hielten sich an den Händen und weinten.

Manchmal gingen sie, er und seine Großmutter „Barbusch", wie er sie nannte, nach Yad Vashem in Jerusalem, setzen sich auf eine Bank und hingen ihren Gedanken nach. Sie erzählte selten und wenig über ihre Zeit damals, und so waren es meist ruhige Nachmittage, an denen er Zeit hatte, einfach nur zu beobachten. Unter den Besuchern waren auch viele Deutsche, magisch angezogen vom Baum Oskar Schindlers. Auf der Allee der Gerechten war es sein Baum, unter dem tatsächlich die meisten Steine lagen. „Steine?", hatte Nele gefragt, nicht sicher, Benjamin richtig verstanden zu haben. Erst dann erinnerte sie sich, wie ihre Tante erklärt hatte, dass es ein Zeichen der Anerkennung und des Gedenkens sei, der Menschen jüdischen Glaubens Steine auf Grabmäler legen lasse. Benjamin bestätigte ihr Wissen und erklärte, dass auch vor die Bäume der Gerechten Steine gelegt wurden. Sie wollte ihn nicht mehr unterbrechen und fragte nicht, was diese Allee bedeutete, sondern entschied, selbst dorthin zu fahren und es herauszufinden. Er redete weiter und erzählte, dass er beobachtet hatte, dass es gerade Oskar Schindlers Baum war, zu dem die Deutschen in Scharen strömten. Er machte eine Pause. Diesmal erkannte Nele das Lied, welches er nun konzentriert auf der Gitarre spielte.

„Das ist doch nicht dein Ernst", waren seine Worte. Sofort nach Erscheinen des Films hatte Nele sich den Soundtrack gekauft und die CD eingelegt. Sie wollte nicht mehr daran denken, wie sie die CD wieder aus dem Player holte, als Lars den Kopf geschüttelt hatte. „Sentimentaler Kram", hatte er gesagt und sie aufs Sofa gezogen.

Oskar Schindler, natürlich, das war es. Selbst Steven Spielberg hatte die Rollen mit deutschen Schauspielern besetzt. Und nicht nur als Nazis, na ja, fast nicht nur. Siehst du, nicht alle waren schlecht... Sie traute sich nicht, sein Spiel zu unterbrechen und behielt diesen Satz für sich.

„Sie wollte, also meine Barbusch wollte, dass wir auch nach Deutschland fahren. In die Nähe von Frankfurt, wo sie aufgewachsen ist", unterbrach er sich selber und spielte leise weiter, bevor er erzählte, dass er fest vorgehabt hatte, mitzukommen.

Als sie später in Auschwitz auf ihren Bus warteten, der sie nach Krakau bringen sollte, sah er, dass sie sich nicht mehr an der Hand hielten, die beiden Schulmädchen. Auch sie standen an einem Bus, die eine knutschte, die andere kicherte, während sie eine Chipstüte herumreichte.

„Benjamin, sie sind jung und es ist für sie auch unwirklich", hat Barbusch gesagt und mich versucht zu überreden, mit nach Deutschland zu fahren." „Und bist du mitgefahren?", traute sich Nele zu fragen, obwohl sie die Antwort bereits kannte. „Nein, ich bin nach Amsterdam gefahren - alleine." Und deine Großmutter nach Deutschland? Sie musste die Frage nicht stellen, war es doch ganz klar, wenn er sagte „alleine".

Wie lange hatte es gedauert, bis sie wieder lachte, nachdem sie *Schindlers Liste* gesehen hatte? Sie erinnerte sich nicht. Sie wollte es einfach hinter sich bringen, jetzt, dort, da am Baum. Erklären, dass nicht alle Deutschen Nazis seien. Doch es kamen ihr nur Bilder von brüllenden Neonazis und brennenden Flüchtlingsheimen in den Sinn und jeglicher Mut fiel ab. Wieder breitete sich in ihr das schon so bekannte Gefühl aus, gepaart mit Einsamkeit. Sie spürte die Tränen hochkommen, dazu noch Wut - auf diejenigen, die es ihr unmöglich machten, jetzt Deutschland zu verteidigen. Am wütendsten war sie jedoch auf sich selbst, nachdem sie erklärt hatte, dass der Brief von ihrem Exfreund war, der in Deutschland studierte. Obwohl dies keine Lüge war, hatte sie damit immer noch nicht die Wahrheit ausgesprochen.

Er stellte die Gitarre ab und zog seine Turnschuhe aus. „Irgendwie mag ich sie im Moment nicht tragen." Seine Socken zog er ebenfalls aus und stopfte sie in die Schuhe. „Gibst du sie mir, wenn ich wieder so weit bin?" Er lächelte sie verlegen an, was Nele, zu sehr in ihre Gedanken vertieft, aber nicht merkte und nur nickte, während sie zusah, wie er aufstand. „Ich muss leider noch Arbeiten korrigieren", erklärte er, nahm seine Gitarre und ging langsam los. Nach ein paar Metern blieb er stehen und kam zurück. „Die Socken nehme ich natürlich mit." Sie lächelten sich kurz an. Glaubte Nele, ihre natürliche Gesichtsfarbe inzwischen wieder zurück zu haben, verschwand diese spätestens jetzt erneut, wobei sie auch ein leichtes Zittern spürte und hoffte, nichts mehr sagen zu müssen. Erleichtert sah sie, dass er wieder wegging und erschrak, als er ein weiteres Mal zurückkam. Sie wollte aufstehen, blieb aber sitzen. „Jetzt habe ich die ganze Zeit geredet. Das nächste Mal wünsche ich mir, dass du ein wenig von dir erzählst." Sie nickte und versuchte ein Lächeln, das sofort gefror, als er sich nun endgültig umdrehte und in Richtung seiner Wohnung lief.

Sie schaffte es nicht, die Tränen zurückzuhalten, während sie zu ihrem Zimmer flüchtete und dabei an Annalena vorbeikam, die sie fragend ansah und sicher die falschen Schlüsse zog. Nele war es diesmal mehr als egal, wollte sie doch nur noch alleine sein. Sie war froh, als sie die Zimmertür endlich hinter sich schloss.

„Du kannst doch so schön schreiben." Es hatte nicht lange gedauert und sie war das Alleinsein satt. Auch wenn sie gehofft hatte, ihr Heimweh im Griff zu haben, war es wiedergekommen und nicht gewichen. Sie musste mit jemandem reden. Erst hatte sie an Ewa gedacht, aber sie würde ihr sicher raten, geduldig zu sein. Mit der Zeit würde es ihm egal sein, woher sie kam. Oder waren es doch ihre Gedanken und Wünsche, die sie Ewa ungefragt in den Mund legte? Sollte sie Romy anrufen und gleich all die Fragen stellen, die sie beantwortet haben wollte – über Steine, eingerissene Kragen usw.? Am Ende war es jedoch ihre Mutter, die sie anrief und es direkt bereute, denn die vertraute Stimme nahm ihr nicht das Heimweh, sondern bewirkte das Gegenteil. „Schreib ihm einen Brief, du kannst doch so gut mit Worten umgehen", versuchte sie ihrer Tochter Mut zuzusprechen. Nele nickte, wissend, dass ihre Mutter sie nicht sehen konnte, worüber sie für den Moment froh war, da sie merkte, dass ihr erneut Tränen kamen und beendete das Gespräch. Sie sehnte sich danach, nicht alleine im Zimmer sein zu müssen, sondern zu ihrer Mutter ins Bett zu schlüpfen, so wie zuletzt, nachdem sie ihren Freund mit ihrer besten Freundin erwischt hatte. Sie atmete tief durch. Wenn sie doch wenigstens einen Fernseher hätte. Sie sah zu dem Roman auf ihrem Nachttisch und wusste bereits, dass er sie nicht ablenken würde. Also schreiben. Sie suchte nach einem Blatt Papier und fand keines, wie sie kurz erleichtert feststellte. Sollte sie bei Annalena klopfen? Lieber nicht… Oder keck einfach bei Benjamin? Es war spät und die Sonne schon untergegangen. Wenn sie ihn nach dem Papier fragen sollte, dann konnte sie doch gleich die Wahrheit erzählen. Kurz glaubte sie wirklich, so weit zu sein und stand schon im Flur, als sie schließlich doch zurücktrat und versuchte, ihren Roman – erfolglos – weiterzulesen.

„Du bist nicht mal Jüdin." Ihre Stimme war schrill, die langen schwarzen Haare wirbelten herum und sie zog Benjamin lachend mit sich fort. Dazu Bilder aus *Schindlers Liste* und Nele selbst im Dirndl. „Heidi, Heidi, deine Welt sind die Berge." Es war kein wirklich heftiger Albtraum. Dennoch schreckte Nele hoch und brauchte einen Moment, um sich zu orientieren. Die Nachttischlampe brannte noch und sie setzte sich auf. Wie gerne wäre sie nun zu ihrer Mutter ins Bett gekrochen... Erneut dachte sie an damals, als zwei ihr sehr nahestehende Menschen sie so enttäuscht hatten. Sie konnte und wollte nicht verhindern, dass das Heimweh sie derart packte, dass sie anfing, leise zu weinen.

Die Einsamkeit legte sich um sie und wollte sie auch nicht endgültig verlassen, als sie am nächsten Tag zwischen den Kindern saß und versuchte, ein hebräisches Lied zu singen. Und auch nicht am Nachmittag, als sie über einem Blatt Papier saß und sich die richtigen Worte nicht finden lassen wollten.

„16.30 am Baum." Nele hatte ihn nicht kommen sehen, obwohl sie heimlich nach ihm Ausschau gehalten hatte. Und dann stand er vor ihr und zwinkerte ihr kurz zu, bevor er wieder verschwand und ihr keine Zeit ließ, zu antworten. War er auch aufgeregt? Sie sah zu Esther, die ihr zulächelte, während sie Sarah, einem vierjährigen Mädchen, half und ihr eine kleine Teekanne reichte. Nele lächelte verlegen zurück und fühlte sich gleichzeitig ein wenig geschmeichelt, dass er sich so offen mit ihr verabredet hatte.

Sie riss erneut das oberste Blatt ab, zerknüllte es und warf es zu den anderen Häufchen, die es nicht geschafft hatten, ein Brief, ein Geständnis zu werden.

„Gib ihm Zeit!", hörte sie Ewas Stimme immer wieder. Zeit... Sie sah auf den geliehenen Wecker und hatte noch 10 Minuten. Waren die Israelis pünktlich? Waren Schweizer pünktlich? Natürlich, da gab es doch einen Spruch, irgendetwas mit Schweizer Uhrwerk. Aber sollte Nele wirklich pünktlich sein? Sie sah auf den leeren Block und drehte ihn um. Nein, ein paar Minuten würde sie ihn warten lassen, es sollte nicht so aussehen, als könne sie es nicht erwarten.

Er war da, saß an derselben Stelle. Die Gitarre auf dem Schoß, spielte er eine unbekannte Melodie, ganz vertieft, wie es schien. Hatte Nele je kurze Zweifel gehabt, wusste sie es nun genau. Sie hatte sich verliebt und wusste nicht, ob sie froh darüber war oder tief unglücklich. Was sie sicher wusste, war, dass sie wieder rot geworden war, als sie zu ihm trat und schweigend neben ihm am Baum herunterrutschte. Er hörte nicht auf, zu spielen, was andere Kibbuzniks anlockte, die sich nun in ihre Nähe setzten, aber nicht direkt zu ihnen, was Nele kurz wunderte und auch verwirrte. War das Bild, das sie boten, der Anlass, sich woanders hinzusetzen? Mit wie vielen Mädchen hatte Benjamin wohl schon hier gesessen? Sie wollte keine schlechten Gedanken haben und versuchte sich auf die Melodie und den Augenblick zu konzentrieren. Benjamin lehnte die Gitarre an den Baum. Wenn die Farbe inzwischen aus ihrem Gesicht gewichen war, kam sie nun wieder zurück, als er sie anlächelte und freundlich begrüßte.

„Das muss aufhören", sagte sie leise, aber nicht leise genug. „Was?", fragte er und Nele wollte keine passendere Antwort als die wahre einfallen. „Dass ich jedes Mal rot anlaufe, wenn ich dir begegne", sagte sie, selbst erstaunt darüber, wie einfach manchmal doch die Wahrheit sein konnte. Er lächelte, nahm ihre Hand und verscheuchte jedes Gefühl von Einsamkeit. „Es war ein Fehler." Benjamin ließ ihre Hand los und Nele zuckte zusammen. Hatte sie ihn richtig verstanden - gab es ein anderes Wort für das Englische „fault"? Ihr fiel keines ein. Er sah geradeaus, das erste Mal sehr ernst und Nele spürte, wie ihr flau wurde. Er schwieg eine Weile und Nele wollte schon aufstehen, als er weitersprach und erzählte. Von der großen Veranstaltung, auf die sie gefahren waren. Fast alle waren mitgefahren, sogar Ewa, die Menschenansammlungen nach Möglichkeit vermied. Sie und Sascha waren sogar Hand in Hand gegangen, was sie so gut wie nie machten. Er machte eine kurze Pause und Nele musste an Lars denken.

Sie waren nach Berlin gefahren, ein Wochenende, und waren beim Christopher Street Day gelandet, obwohl sie zur Love Parade wollten. Es hatte eine Weile gedauert, bis sie die Verwechslung bemerkten. Eigentlich erst dann, als Lars nach Neles Hand griff. „Bist du sicher, dass das hier die Love Parade ist?" Er war sauer und gab, wie meistens, ihr die Schuld.

Ist doch egal, auf jeden Fall gute Musik, wollte Nele antworten, ließ es aber, als sie in Lars ernstes Gesicht sah. Wie immer war es an ihr, die Wogen zu glätten und so wunderte es sie sehr, als er ihre Hand ergriff und sie festhielt. „Mir hat einer auf den Hintern gehauen", sagte er und zog sie aus der Menge. Seinen panischen Gesichtsausdruck würde sie wohl nicht vergessen.

„Wir waren so euphorisch, so guter Dinge, dazu die gute Stimmung. Ich habe es einfach zugelassen, dass sie meine Hand nahm." Nele sah weiter zu Benjamin, der mit seinen Händen spielte. „Ich hatte auch zwei Bier getrunken... und na ja, hübsch ist sie ja." Nun wusste Nele worüber er sprach - über wen er sprach und ihr Mund wurde trocken. „Und als wir dann die schlimme Nachricht bekommen haben, kam noch ein Bier dazu. Wir haben vor dem Fernseher gestanden, haben gebetet." Er erzählte weiter von Rabin, davon, wie wichtig er ihm war. Die Hoffnungen auf einen endgültigen Frieden mit den Palästinensern. Das Entsetzten, dass es ein Jude war, der ihn angegriffen hatte. Die Trauer, als sein Tod verkündet wurde. Diesmal Schnaps - ein leichtes Unterfangen für Annalena, ihn mit auf ihr Zimmer zu nehmen.

Die Sonne war fast untergegangen. Die anderen Kibbuzniks waren aufgestanden. „Sie hat es schon öfter versucht und tut es wohl noch immer." Benjamin wollte Neles Hand nehmen und zog sie doch zurück. Er erzählte weiter, dass er Annalena erklärt hatte, dass es ein Ausrutscher war, dass er ihr keine Hoffnung machen wollte. Sie waren aufgestanden, ein Stück gelaufen und er hatte Nele gesagt, dass er Zeit brauche, um sich auf jemanden einzulassen. Er hatte ihre Hand genommen und sie zu ihrem Haus geführt. „Ich hoffe, du glaubst mir", hatte er gesagt, ihr Gesicht in seine Hände genommen und sie kurz im Schein des Hauslichtes angesehen. Sie hatte genickt und es zugelassen, dass er ihr einen kurzen Kuss auf den Mund gab, bevor er sich umdrehte und wegging.

Sie wollte ihm glauben - und wie sie das wollte, und doch wusste sie nicht, ob sie es konnte. Sie sah zum leeren Block auf dem Tisch. Nein, heute nicht... Sie wollte keinen anderen Gedanken als den an seinen Kuss und seine warme Stimme zulassen. Erstaunlicherweise schlief sie schnell ein, obwohl sie es nicht schaffte, sich sein Gesicht vorzustellen. Wieso gelang es ihr nicht? Letztlich reichte ihr die vage Vorstellung und sie schlief klopfenden Herzens ein. Auch im Schlaf klopfte es weiter, für einen Moment bebte sogar ihr Körper. Nele erschrak und wachte kurz auf.

Erst am nächsten Morgen erfuhr Nele, dass es nicht ihr Körper war, der sie aufgeweckt hatte. Vor dem Fernseher im Gemeinschaftsraum standen ein paar Kibbuzniks. David sah Nele kommen. „Ein Erdbeben in Ägypten." Jetzt sah Nele auch die zerstörten Häuser im Fernsehen und hörte, wie der Moderator von acht Toten sprach.

Ein fester Händedruck. Selbstbewusst, war mein erster Gedanke, noch bevor ich sie richtig angesehen hatte. Doch ihr Blick verriet etwas ganz anderes und ich brauchte nicht lange zu überlegen, woher ich ihn kannte. Nicht von den längst nicht mehr mitgezählten Freundinnen Arvids und auch nicht von den wesentlich wenigeren Freundinnen Benjamins. Im Gegensatz zu seinem älteren Bruder schien mein jüngster Enkel wählerischer zu sein oder brauchte mehr Zeit, ein Mädchen kennenzulernen. Wer wohl seinem Großvater ähnlicher war? Erstaunlich, wie unterschiedlich zwei Brüder sein können. Nur ihre Mädchen schienen ähnlich. In der Regel meist hübsch und recht selbstbewusst, hielten sie dem Blick stand. Nele sah verlegen zur Seite. Benjamin hatte sie ganz kurz beschrieben und ich glaubte zu verstehen, warum er für sie schwärmte. Keine Schönheit auf den ersten Blick, die mich sofort umwarf, aber je länger ich sie ansah, erschloss sie sich auch mir. Kurze, strubbelige rote Haare standen ein wenig ab von einem leicht ovalen Gesicht. Keine vollen Lippen, aber genug, um nicht verkniffen auszusehen, eine Stupsnase, umgeben von ein paar wenigen Sommersprossen, hohe Wangenknochen, grüne Augen, umrandet von langen Wimpern. Eine kleine Zahnlücke zwischen den Vorderzähnen gab ihr etwas außergewöhnlich Charmantes. Das Erdbeben in der Nacht hatte mich den Entschluss fassen lassen, mal wieder in den Kibbuz zu fahren. Warum, kann ich nicht mal genau sagen, ich hatte es ja nur ein wenig gespürt. Er hatte sich mit der Zeit sehr verändert und doch kam ich immer gerne wieder hierher. Obwohl immer noch ein wenig nüchtern und karg, war es schon viel gemütlicher geworden. Viel mehr Pflanzen und auch das Schulgebäude war längst nicht mehr so kalt, wie zu meiner Zeit.
Benjamin hatte überrascht geschaut, als ich unangemeldet im Lehrerzimmer stand. „Barbuschka, schön, dass du da bist", hatte er festgestellt, und konnte es wohl kaum erwarten, mir Nele vorzustellen. „Kommt, ich mache uns einen Tee", hatte er gesagt, und war mit uns

zu seinem kleinen Haus gegangen. Ich hatte es versäumt und nun schon lange keine Muße mehr, anständig Englisch zu lernen. Nach meiner Ankunft hatte ich ein paar Brocken gelernt. Damals, als die Engländer unser Land verwalteten, war es ganz praktisch, ihre Sprache zu verstehen. Filme schaue ich wenig. Ich lese mehr. „Schweizerin“, sagte ich auf Deutsch und sah sie an, während sie sich setzte. Soeben noch ein wenig blass – auch hier unterschied sie sich von den anderen Mädchen, die meist dunkle Teints hatten – wurde sie ein wenig rot. Verlegen – nun wusste ich, dass ich mit meiner Vermutung recht hatte. Es war ihr Blick bei der Vorstellung und dieser, den sie nun vor mir verbergen wollte und stattdessen verunsichert in ihren Schoß sah. Benjamin war ins Haus gegangen. Ich hörte ihn mit Geschirr klappern. Sie schüttelte den Kopf.

Na dann eben jetzt, dachte sie und sah vorsichtig zu der älteren Dame, die so sehr an ihre eigene Großmutter erinnerte, die zwei Jahre vorher – viel zu früh – gestorben war. Zu viele Fragen waren unbeantwortet geblieben, immer neue kamen hinzu und blieben es ebenfalls. Sie mochte die Frau, wahrscheinlich deswegen, weil sie Benjamins „Barbuschka“ war, wie er sie nannte. „Bern oder Basel?“, Benjamin kam mit einer Kanne zurück und stellte sie auf den Tisch. Er sprach auf Hebräisch weiter und Nele verstand, dass er sich nicht sicher war, aus welcher der beiden Städte sie eigentlich kam. Beide sahen sie fragend an. Bern oder Basel? War sie jemals in einer der Städte gewesen? Bern oder Basel? „Basel“, antwortete sie leise. „Hast du auch ein wenig Kuchen?“

Ich wusste die Antwort schon und war trotzdem erleichtert, als Benjamin den Kopf schüttelte. Ich sah zu Nele, ihr Teint war nicht mehr leicht rosa, sondern knallrot. Zudem glaubte ich, auch ein leichtes Zittern zu sehen an den Händen, die sie sich auf den Schoß gelegt hatte. „Kekse“, antwortete mein Enkel, während ich aus meiner Geldbörse ein paar Schekel herausholen wollte und Benjamin dann doch gleich das ganze Portemonnaie in die Hand drückte. Ich bat ihn, in der Kantine nachzufragen. Er nickte, ließ mein Geld liegen und ging davon, sich wundernd, seit wann ich gerne Kuchen aß. Ich sah zu Nele.

„Basel ist sehr schön, ich war dort einmal für ein paar Stunden." Wenn ich meiner Familie schon immer erzählte, dort viel Zeit zu verbringen, obwohl ich tatsächlich in Frankfurt verweilte, war es zumindest mein Anspruch, auch tatsächlich einmal dort gewesen zu sein. Dort in der Schweiz: schnell ein paar Postkarten geschrieben, Fotos gemacht. Ich musste schmunzeln bei dem Gedanken und schämte mich gleichzeitig. Scham, das war es, was ihr Blick immer noch ausdrückte. Ich hatte Deutsch gesprochen und sie antwortete auf Deutsch, während sie sacht den Kopf schüttelte. „Bielefeld, ich komme aus Bielefeld." Ich hatte recht, es war Scham. Die Scham der Generation, die sich bewusst war, was ihre Großeltern angestellt hatten. Die jungen Leute, die wussten, dass sie nichts dafürkonnten und doch damit leben mussten. Es nicht nur verdrängten... Wie sollte sie auch, hier mitten in Israel?

„Bielefeld", wiederholte ich und widerstand dem Drang, ihre Hand zu nehmen. Ich war nie dort gewesen, wusste aber, dass es im Westen lag, irgendwo zwischen Ruhrgebiet und Hamburg. Eine eigene Fußballmannschaft – Ralf interessierte sich für diese Sportart und ich erinnerte mich, wie ich ihm geholfen hatte, kleine Bilder in ein Album zu kleben. „Puddingpulver." Ich sah Nele an und verstand erst, nachdem sie mir erklärte, dass Bielefeld für Puddingpulver und Backpulver bekannt war. Ich nickte und glaubte mich daran zu erinnern, dass auch meine Mutter ein Kochbuch mit dem bekannten Logo dieser Bielefelder Firma besaß. Kurz schaffte ich es, mich ganz unbeschwert an meine Kindheit zu erinnern, bevor die Schatten sich sogleich wieder darüberlegten. Ich sah zu Nele, die erneut verlegen in ihren Schoß sah und nahm diesmal ihre Hand. Ich wollte ihr so gerne ihre Scham nehmen, doch selbst wenn ich genug Zeit gehabt hätte, bei ihr wäre es mir nicht gelungen. Hinzu kam, dass Benjamin wieder zurück war und ich daher den Gedanken, Nele anzubieten, ihr zu helfen, verwarf.

„Es gab tatsächlich noch Kuchen", sagte er lächelnd und servierte ihn gut gelaunt. Nele versuchte auch zu lächeln, während ich mir ein Stück von dem Gebäck nahm.

Wir hatten noch ein wenig Zeit, bevor mein Bus fuhr und Benjamin zeigte mir die Räume, in denen er unterrichtete. Naive Kinderzeichnungen neben Lernpostern sollten den Räumen ein wenig

Gemütlichkeit geben – es gelang nur bedingt. Ich sah mir gerade eine der Zeichnungen an, als eine junge Frau den Raum betrat. Ich erkannte sie sofort, erschien sie doch jedes Mal bei meinen letzten Besuchen. „Ach, Barbara!" Der Versuch, überrascht zu gucken, gelang ihr nicht, wusste ich doch, dass es gewiss kein Zufall war, dass wir uns begegneten. Sie kam auf mich zu. Ihre Schönheit sprang einen sofort an. „Annalena", ich nahm zögerlich ihre Hand. Diesmal ein weicher labbriger Druck und zugleich so viel an Selbstbewusstsein. Beneidenswert?

Er hatte meine Hand nie geschüttelt, aber sicher hatte er einen festen Händedruck. Wobei, sicher konnte ich mir bei nichts sein. Auch wenn ich von Anfang an glaubte, Güte in seinen Augen zu erkennen – wenn ich mich traute, sie anzusehen und mein Blick nicht auf dem Vogel seiner Mütze hängen blieb.
„Ich weiß, dass Sie auch kaum Mittel haben. Auch wenn es wenige sind, machen Sie bitte alles möglich." Er hatte sich abgewendet und ich hatte den Mut gefunden, ihn am Ärmel seiner Uniform festzuhalten, aber was hatte ich auch schon zu verlieren?

Auch ich kannte durchaus selbstbewusste Momente, obwohl ich längst nicht so hübsch gewesen war damals, wie mein Gegenüber jetzt hier. Sie hatte Papiere in der Hand und reichte sie Benjamin, bevor sie erneut zu mir kam und sich vor mich stellte. „Wie schön, dass du uns mal wieder besuchst." Ich musste lächeln – „uns", hatte sie gesagt. Benjamin hatte mir von seinem „Ausrutscher" erzählt. Er hatte es erklärt mit der traurigen Stimmung, die bis jetzt unser Land noch nicht verlassen hatte. Es war ihm peinlich gewesen, genauso wie ihr immer zufälliges Auftauchen, wenn sie ihn besuchte, schon lange bevor es zu dem Ausrutscher kam. Irgendwie bewundernswert ihre Hartnäckigkeit und fast tat sie mir leid... Obwohl auch mich irgendetwas an ihrem Wesen davon abhielt, sie so richtig zu mögen.
„Ihr habt Deutsch gesprochen." Sie hatten zusammen in der Kantine

zu Abend gegessen und warteten auf die Versammlung, die dort regelmäßig stattfand. Er hatte sich nichts anmerken lassen und Nele sah Benjamin unsicher an. Er wusste es. Die Erleichterung wollte sich nicht einstellen. Er war freundlich und hatte mit ihr geflirtet. Es machte ihm nichts aus? Sie hatte nicht gewusst, dass sie wirklich ein Fragezeichen denken konnte. Oder wusste er es nicht? „Ja, wir haben Deutsch gesprochen, weil ich Deutsche bin", flüsterte sie ihm zu. Ewa hatte angefangen, die Tagesordnungspunkte zu benennen, die Nele nicht richtig verstand, obwohl Ewa bemüht war, so Hebräisch zu sprechen, dass jeder mitkam. Benjamin übersetzte an manchen Stellen ins Englische und flüsterte Nele die Worte ins Ohr, die sich nun überhaupt nicht mehr konzentrieren konnte. Es war so einfach gewesen. „Weil ich Deutsche bin." Keine Regung bei Benjamin, der sich Notizen machte. Es war ihm egal. Kurz überkam sie dann doch Erleichterung, begleitet von einem starken Gefühl des Glücks und des Verliebtseins, was sich nun ungehindert ausbreiten durfte.

Es hatte angefangen, zu nieseln und die Sonne machte sich daran, unterzugehen. Ob sie noch Kraft hatte, einen Regenbogen zu produzieren? Nele sah in den Himmel. Benjamin hatte ihre Hand genommen und hielt sie noch immer, als sie bei Neles Unterkunft angekommen waren. Sie hatten nicht gesprochen. Auch Benjamin war aufgeregt. „Barbusch glaubt, du bist meine Freundin." Sie waren stehen geblieben unter einer Laterne, die gerade ansprang. „Sie ist eine tolle Frau", sagte Nele und bereute es gleich, denn schleimen mochte sie überhaupt nicht. Benjamin nickte und nahm ihr Gesicht in seine Hände. „Und?" Nele verstand nicht sofort. Erst, als er sie fragte, ob sie denn mit ihrer Annahme recht hatte. Sie nickte und konnte es kaum erwarten, dass sein Gesicht immer näher kam. Ihre Lippen berührten sich. Ein Knall ließ sie auseinanderfahren. Etwas war gegen die Laterne geflogen. „Eine Fledermaus", erklärte Benjamin und sie sahen eine Weile dem Tier zu, das im schnellen Tempo durch die Luft flog.
Sie setzte sich auf ihr Bett. „Wir finden den richtigen Moment", hatte Nele gesagt, ihm einen Kuss auf die Wange gehaucht und war in ihr Zimmer gegangen. Kaum hatte sie die Tür geschlossen, hatte sie sich, an diese gelehnt, auf den Boden gesetzt. Sie konnte Fragezeichen denken! Mit keinem einzigen Wort hatten sie über ihre Herkunft

gesprochen. War es ihm wirklich egal? Auch, dass sie gelogen hatte?

Natürlich habe ich Nele nicht verraten. Vielleicht, wenn sie mich gebeten hätte. Aber ungebeten? Nein, denunzieren, das gehörte nicht zu meiner Mentalität. Wie einfach war es bei uns gewesen, wir wussten von Anfang an, wer der andere war, doch genutzt hatte es uns wenig. Wenig… – gar nichts!

„I am German," das waren die Worte gewesen. Nele war so sicher, dass er sie auch verstanden hatte. Natürlich hatte er sie verstanden, aber nicht ihren Sinn. Oh nein! Nele spürte die Tränen, noch bevor sie ihren Weg aus den Augen fanden. Lediglich, dass Deutsch ihre Sprache war, war es wohl, was er verstanden haben musste. Bestimmt! Ihre Faust schlug auf den harten Boden, wodurch sie aber nicht von ihrem Schmerz abgelenkt wurde und so ließ sie es zu, dass Tränen zu Bächen wurden. Sie weinte hemmungslos, doch für einen Moment kehrte ihr Mut zurück. Sie machte das kalte Deckenlicht an, nahm den Schreibblock und ihr Hebräisch Wörterbuch. Diesmal sollte es keine Zweifel geben. Dennoch begann ihr Brief auf Englisch.

Lieber Benjamin,
ich weiß, dass es dumm war, nicht zu sagen, woher ich eigentlich komme. Aber die Situation…, der Moment in dem arabischen Imbiss…

Sie schaffte es nicht, sich zu konzentrieren. Immer wieder musste sie an die letzten Minuten denken, dort unter ihrem Fenster. Sie machte das Deckenlicht aus, trat an das Fenster und sah zur Laterne, die nun als einziges draußen Licht spendete. „Das war sicher keine Fledermaus", hatte Nele noch gesagt und unter Kichern erklärt, dass es Annalena war, die mit einem Schuh geworfen hatte. Er hatte gelacht, bevor sie ihm den Kuss auf die Wange gegeben hatte.

Vielleicht sollte sie einfach runter zu ihm gehen. Sich lieben lassen, ihn lieben und es danach sagen. Konnte er ihr denn dann böse sein? Aber sie wollte die Lüge nicht mit in sein Bett nehmen. Erneut setzte sie sich an den Tisch und machte eine kleine Tischlampe an, die nicht viel Licht spendete, aber genug, um zu zeigen, dass nur unzusammenhängende Gedanken ihren Weg auf das Papier fanden. Sie riss das Papier ab, zerknüllte es und warf es in Richtung Mülleimer. Sie traf nicht und so landete das Knäuel neben den anderen, bei denen sie ebenfalls nicht getroffen hatte.

„Morgen ist auch noch ein Tag", an diese Worte Scarlett O'Haras musste Nele denken und daran, sich ins Bett zu legen und sich mit Träumen von Benjamin zuzudecken – gepaart mit der Hoffnung, er würde auch die deutsche Nele lieben können. Sie trat zu den Papierknäuel und wollte sie in den Mülleimer werfen. Er war recht voll und sie musste den Müll zusammendrücken. Morgen bringe ich ihn runter – endlich ein Vorsatz, den sie sicher umsetzten konnte. Sie ging sich waschen und löschte das Licht, bevor sie es gleich wieder anmachte.

Hallo Nele,

wie kannst Du nur einen Moment glauben, dass ich an Martina interessiert sein kann? Wie kannst Du überhaupt glauben, dass mich eine andere interessieren könnte? Keine kommt an Dich ran!

Du bist zur Toilette gegangen und sie hat sich einfach auf meinen Schoß gesetzt und vorgeschlagen, Dich eifersüchtig zu machen. Ich war zu überrumpelt und verwirrt, sodass ich es nicht verhindern konnte, dass sie mich küsste.

Nele überflog die restlichen Zeilen. Als der Brief noch ungeöffnet im Papierkorb lag, wollte ihn Nele einfach nur zerreißen und die Briefmarke unkenntlich machen. Sie stellte sich Annalena vor, die in die Mülltonne kletterte und ihren Müll durchsuchte.

Sie wollte ihn nicht lesen – die Gefühle wachrufen, die er bei ihr auslösen würde. Der Verrat ihrer beiden besten Freunde… und doch hatte sie ihn geöffnet. Nun landete er gelesen und zerrissen im Mülleimer. Nele wunderte sich, dass die befürchteten Gefühle ausblieben und sie ließ die Erinnerung zu.

Ihr achtzehnter Geburtstag. Eine Flasche Champagner und eine sturmfreie Bude waren zwei der Geschenke ihrer Eltern. Nur die engsten Freunde, dazu Champagner, eine selbstgemachte Erdbeerbowle, Chips, Salzstangen, das Übliche. Es war schön gewesen. Sie hatten getanzt und gelacht – bis zu dem Augenblick, als sie von der Toilette kam und ihre beste Freundin auf dem Schoß ihres Freundes vorfand, ihre Lippen aufeinandergepresst. „Ich geh schlafen", hatte sie gesagt und sich ins Schlafzimmer ihrer Eltern eingeschlossen.

Noch mehr Gedanken wollte sie nicht an sie verschwenden. Sie zog die Bettdecke über sich, versuchte, nur noch an Benjamin zu denken und schaffte es wieder nicht, sein Gesicht zu sehen. Ab und zu, für einen kurzen Augenblick. Sein offenes Lächeln, gepaart mit ein wenig Verlegenheit, ähnlich wie ihr eigenes Lächeln. Auch wenn sie sein Gesicht nicht immer fand, die Schmetterlinge blieben und verdrängten jeden Gedanken an Deutschland und die Menschen dort.

Falls Nele ein romantisches Hotel erwartet hätte, wäre sie sicher enttäuscht gewesen. Doch das Zimmer in dem klobigen großen Bau hatte Neles Gedanken überhaupt nicht beschwert. Sie waren mit ein paar Kibbuzniks losgefahren und Benjamin hatte während der ganzen Fahrt ihre Hand gehalten. Sascha fuhr den VW-Bus, Ewa saß neben ihr. Zwei weitere weibliche Kibbuzniks wippten vor ihnen mit den Köpfen nach der Musik, die laut aus dem Radio drang und Unterhaltungen erschwerte. Nur Annalena und David hinter ihnen schienen sich zu unterhalten, obwohl eigentlich nur Annalena redete, begleitet von heftigem Gekichere. Künstlich, wie Nele herauszuhören meinte und doch ein wenig Mitleid empfand, trotz der bösen Blicke, die, wie sie glaubte, ihr Hinterkopf aushalten musste. Sie hielten an und stiegen aus, ein weiteres Auto spuckte Kibbuzniks aus.

Nele nahm, neben den Blicken auf Benjamin, nur den Blick auf das Meer wahr, welches in Wirklichkeit nur ein großer See war. Der hohe Salzgehalt des Gewässers erreichte auch die Luft und so war die Aussicht Neles ein wenig verschwommen. Dennoch nahm der Anblick sie gleich gefangen. „Wow", sagte sie und konnte es kaum erwarten, ihre Füße hineinzuhalten. Doch vorher galt es noch, ihr Zimmer zu beziehen und so betraten sie die Lobby des kalten Klotzes, der, genauso wie einige andere Hotels drum herum, schnell hochgezogen worden war. Da sie kein romantisches Zimmer erwartete, machte es Nele auch nichts aus, im Gegensatz zu der Aussicht, mit wem sie das Zimmer teilen musste. Wenigstens kein Doppelbett, stellte Nele erleichtert fest und beobachtete, wie Annalena, ohne zu fragen, ihren kleinen Koffer auf eines der Betten warf. „Ich schlafe hier", sagte sie unnötigerweise, denn dem Koffer folgte sie prompt und legte sich auf das Bett, welches näher am Fenster stand.

Kurz musste Nele innerlich schmunzeln bei der Erinnerung, diese Situation schon des Öfteren erlebt zu haben. Auch Martina hatte nie gefragt bei ihren wenigen Reisen und Klassenfahrten. Doch wenigstens hatte sie ihre Auswahl jedes Mal begründet. „Ich kann nicht an der Tür schlafen, da bekomme ich Angst", „Ich kann nicht oben schlafen, da falle ich runter", lauteten ihre kruden, einfallslosen Begründungen und auch damals hatte sie sich nicht gewehrt und das jeweils andere Bett genommen. Nele wollte nicht an Martina denken, denn dann tauchte automatisch Lars vor ihrem inneren Auge auf und der gehörte nicht hierher.

Sie wollte ins Tote Meer und war froh, dass sie sich vor der Reise noch einen hübschen Badeanzug gekauft hatte. „Gaultierbadeanzug" hatte sie ihn getauft, erinnerten seine blau-weißen Streifen doch an die Matrosenmode ihres Lieblingsmodedesigners. „Ich mag dich am liebsten im Bikini", erinnerte sich Nele an Lars Worte, die er irgendwann einmal, nachdem sie zusammen schwimmen gegangen waren, geäußert hatte. Sie tat ihm den Gefallen und trug meist einen Zweiteiler, wenn sie zusammen waren. Nein, nicht schon wieder Lars, ermahnte Nele sich, ließ Annalena alleine im Zimmer zurück und nahm ihr damit die Möglichkeit, weiterhin ihre Galle zu versprühen.

Sie nahm zwei Stufen auf einmal und rannte fast zum See. Je näher sie kam, umso mehr schien die Luft zu flimmern und wirklich gut roch es auch nicht. Aber das war ihr egal, genauso wie die Klischees, die sie nun willkommen hießen.

Kein einsamer romantischer Strand. Nele erkannte David, der ihr mit einer Zigarette im Mund zuwinkte. Benjamin war nicht zu sehen. Im Wasser tummelten sich Touristen, ein Pärchen rieb sich mit Schlamm ein, ein Mann mit Schlapphut lag auf dem Wasser – die obligatorische Zeitung in der Hand, ließ er sich von einer Frau, wahrscheinlich seiner

Ehefrau, fotografieren. Auch ein Mann im Rollstuhl saß am Wasser und hielt seine Füße in die salzige Lake.

„Wartest du nicht auf Benjamin?" Sie hatte ihr Handtuch neben Davids gelegt und war froh, keine Eifersucht aus der Frage herausgehört zu haben. Nele schüttelte den Kopf, es war Zeit, sich ihr Leben nicht mehr von ihrem Freund diktieren zu lassen. Kurz irritierte Nele dieser Gedanke. War Benjamin ihr Freund? Sie musste an den Moment denken, als sie sich auf der Hinfahrt getraut hatte, ihren Kopf auf seine Schulter zu legen und das schöne Gefühl stieg sofort wieder in ihr auf, während sie ihren Fuß ins Wasser setzte. Beim Pärchen mit der Zeitung lag nun sie im Wasser und er fotografierte. Nele bot an, ein gemeinsames Foto zu machen, was sie dankend annahmen. Norweger oder Finnen, auf jeden Fall Skandinavier, vermutete Nele, wollte aber nicht fragen, weil sie selber noch nicht bereit war, die Frage ihrer Herkunft zu beantworten. Nachdem sie der Frau den Fotoapparat zurückgegeben hatte, wurde sie von hinten gepackt und ehe sie verstand, was passierte, hatte jemand sie hochgenommen und zum Wasser getragen. Er setzte sie ab und der Schmerz folgte sofort. Es dauerte einen Moment, bis Nele realisierte, dass es keine Feuerqualle war, die beide Waden kurz zum Brennen brachte. Natürlich, sie hatte sich morgens die Beine rasiert und bereute es für einen Moment. Doch er ließ ihr keine Zeit für die Schmerzen, zumal ihm selbst einige Stellen wehtaten, was er versuchte, vor ihr zu verdecken.

Sie standen sich gegenüber, es hatte leicht angefangen zu nieseln. Sie sahen in den Himmel, keine große Wolke, vielmehr eine kleine ließ die Tropfen auf sie herunterregnen. Sie sahen wieder in das Gesicht ihres Gegenübers. Er nahm ihres in seine Hände und zog sie vorsichtig zu sich heran.

Und dann war er da, der Augenblick, den sie sich schon so lange herbeigesehnt hatte. Seine Lippen trafen ihre und blieben kurz geschlossen, bevor sie sich öffneten und Nele alles um sich herum vergessen ließen. Es war ihr egal, dass es ausgerechnet zwischen den Touristen und vor Davids Augen passierte. „Es tut mir leid, ich wollte nicht mehr warten." Er hielt sie in seinen Armen und sah sie an. Ja - Freund, beantworte Nele sich ihre selbst gestellte Frage. Dennoch war sie verlegen, wie es normal war, in einer solchen Situation, so kurz nach dem ersten langen Kuss. Auch er schien verlegen und warf sich rückwärts ins Wasser. Nele lachte und legte sich neben ihn, während sie bedauerte, dass ihr Fotoapparat im Rucksack lag.

Sie sah zum Strand, inzwischen waren weitere Kibbuzniks angekommen und ebenfalls dabei, das Wasser zu erkunden. David saß immer noch da und las in einer Zeitschrift, als Annalena erschien. Nein, sie erschien nicht, sie trat auf. Ein knallrotes Bikinioberteil, begleitet von einer passenden Hose, die durch ein ebenfalls rotes, dünnes Tuch schien, welches locker um Annalenas schmale Hüfte gebunden war. „Wow", musste Nele anerkennen und fand ihren Auftritt dennoch für den Ort unpassend, was sie ein wenig amüsierte. Sie sah zu Benjamin, der auch kurz zu Annalena sah und ebenfalls belustigt den Kopf schüttelte. „Na, so wird sie nie eine jüdische Mama", sagte er auf Hebräisch und Nele verstand. Sie konnte es ohne Eifersucht aushalten, dass Benjamin, genauso wie sie, zusah, wie Annalena ihr Tuch im Laufen losband und es am Handtuch von David fallen ließ, sodass es seine Schulter streifte und ihn nötigte, ebenfalls zuzusehen, wie Annalena ins Wasser schritt. Nele beobachtete die anderen Zuschauer und glaubte, dass der Skandinavier sie tatsächlich fotografierte, denn seine Frau stieß ihn derbe an. David applaudierte und einige Kibbuzniks kicherten. Nele spürte, wie ihr die dunkelhaarige Schönheit anfing leidzutun, erst recht, als sie gleich wieder aus dem Wasser lief. Sicher auch keine Feuerqualle, dachte Nele und sah, wie Annalena sich neben David setzte und an ihren Beinen rieb. Bestimmt vom Rasieren, vermutete Nele, behielt aber ihren Gedanken für sich. Irgendwie verspürte sie Mitleid für Annalena, die einen Auftritt so nötig zu haben schien und welcher dann auch noch so sprichwörtlich ins Wasser gefallen war.

Sie aßen am Strand mitgebrachte Speisen zu Abend und spürten die Sonne, die hinter ihnen unterging. Benjamin hatte seine Gitarre dabei und spielte Nele bekannte und unbekannte Lieder vor. Andere Besucher hatten sich zu ihnen gesellt, ein weiterer Gitarrenspieler ergänzte Benjamin. Nele spürte, wie sich eine wohlige Ruhe in ihr einstellte, die nur ab und zu durch ein Kribbeln gestört wurde, wenn sich Benjamins und ihr Blick im Schein des kleinen Lagerfeuers, welches sicher illegal war, trafen. Hatte es je so gekribbelt, wenn sie Lars ansah? Sie wollte nicht an ihn denken, doch sprang er unaufgefordert in ihre Gedanken und ließ sie über die Frage nachsinnen. Nein, Lars hatte nie das ausgelöst, was passierte, wenn Benjamin ihr zulächelte. Ein wenig verlegen, dabei immer so männlich und irgendwie frech.

Alle Romantik half nichts. Nele musste ins Hotel, ins Zimmer zu Annalena. Nele hatte nicht gemerkt, wann ihre Zimmergenossin gegangen war. Sie hatte nur Augen für Benjamin gehabt und alles andere vergessen und nicht gesehen. Sie versuchte, leise die Tür zum Zimmer zu öffnen und zog sich schnell aus, nur ihre Unterhose und ein Hemdchen behielt sie an. Es war dunkel, nur ein wenig Mondlicht ließ Nele erkennen, wo sie war. Ebenfalls leise legte sie sich in ihr Bett, doch das einsetzende Rumoren ihres Magens fing an, die Stille zu unterbrechen. Bei aller Verliebtheit hatte Nele vergessen, etwas zu essen und verfluchte sich kurz dafür. Sie griff unter ihr Bett in den offenen Rucksack. Irgendwo hatte sie eine offene Kekspackung. Für schlechte Zeiten, hatte sie gedacht, als sie sie eingepackt hatte. Die schlechten Zeiten setzten sofort ein, nachdem sie den ersten Bissen genommen hatte. „Pfui, du putzt dir nicht mal die Zähne", sie versuchte gar nicht erst, ihren österreichischen Dialekt zu unterdrücken. „Und jetzt krümelst du auch noch das Bett voll." Nele atmete tief durch, entschied sich aber, einfach ruhig zu bleiben. Natürlich putzte sie sich üblicherweise abends die Zähne, doch sie wollte keinen Lärm machen, vielleicht ein bisschen aus Rücksicht, doch wahrscheinlich eher, um Annalenas Giftpfeilen ausweichen zu können. Sie konnte nicht. „Glaubst du wirklich, du bist für Ben was Besonderes?" Wenigstens der Appetit war Nele spätestens in diesem Moment verdorben und sie dachte kurz darüber nach, sich doch die Zähne putzen zu gehen. Drei Minuten allein im Bad. Aber ihr war klar, dass dies nur einen Waffenstillstand bedeutete. Der nächste Pfeil würde kommen - und er kam und traf. „Du wirst ihn sicher bald langweilen und dann kommt schon die Nächste." Das Kissen auf den Kopf zu pressen, schien keine Lösung und so entschied Nele sich, ihr Nachttischlicht anzumachen. Schnell fischte sie ihre Jogginghose aus dem Rucksack, zog sie über, schnappte sich ihren Rucksack und verließ das Zimmer. Da stand sie im Flur und hatte keine Ahnung, hinter welcher der vielen Türen Benjamin vermutlich schon schlief. „Verdammt", sagte sie leise und machte sich auf den Weg, in der

Hoffnung, dass der Empfang noch besetzt war und ihr zumindest die Nummer von Benjamins Zimmer nennen konnte.

„Nele", erleichtert erkannte Nele David, der zur Hoteltür hereinkam und wohl noch schnell vor dem Schlafen eine Zigarette geraucht hatte. „Na, hat dich unsere Medusa vertrieben?", erkannte er die Situation richtig und forderte Nele auf, ihm zu folgen. Auch in ihrem Zimmer brannte die Nachttischlampe, im Fernseher lief ein englischer Film mit hebräischen Untertiteln, doch Benjamins Augen waren geschlossen und sein gleichmäßiger Atem zeigte, dass er wohl tatsächlich schlief. Während David ins Bad ging, nahm Nele ihren Mut zusammen und schlüpfte unter Benjamins Bettdecke. „Ich bin es, Nele", flüsterte sie und bekam ein leises Schnurren zur Antwort. Ohne seine Augen zu öffnen, legte er seinen Arm um ihren Körper und trotz ihrer Aufgeregtheit schlief auch Nele ein, noch bevor David den Fernseher und das Licht ausmachte.

„Du bist es ja wirklich", er war wach geworden und streichelte ihr eine Strähne aus dem Gesicht. „Doch kein Traum." Auch Nele wurde wach, brauchte jedoch einen Moment, bis sie realisierte, wo sie war. „Annalena sie hat so…" Nele wollte eigentlich sagen, dass ihre Zimmergenossin gemeine Sachen gesagt hatte, doch er verstand schon vorher. „Ich kann mir vorstellen, was sie alles erzählt, aber dank ihr bist du nun hier." Er nahm Nele in den Arm und hielt sie kurz fest, aber ihre Blase trieb sie aus seinen Armen ins Bad. Sie hatte fast die Klinke in der Hand, als Benjamin ihr zuvorkam. „Nicht böse sein, aber ich glaube, ich muss dringender." Er schob sie sacht zur Seite, betrat das Bad und schloss die Tür vor der verwunderten Nele, die kurz überlegte, doch in ihr Zimmer zurückzugehen. Sie sah zu Davids Bett und stellte fest, dass niemand darin lag. Vielleicht wieder rauchen oder joggen…, überlegte Nele und wollte gerade selbst das Zimmer verlassen, als Benjamin aus dem Bad kam. „Es tut mir leid, aber ich konnte nicht länger warten", er schien verlegen und versuchte zu lächeln. Sie sah an ihm herunter, vermutete sie doch, den Grund zu kennen, warum der junge Mann so schnell ins Bad wollte, seine Blase zu leeren. Wie sollte sie auch ahnen, dass dies nicht der Grund war, der ihn so schnell aufstehen ließ. Nele sah an ihm herunter und erschrak.

„Bitte kommen Sie schnell!" Ich hatte geklopft und kein „Herein" abgewartet. Für Autoritätshörigkeit war keine Zeit. Und doch hielt ich kurz inne, als ich ihn sah, und erschrak. Auch er war erschrocken und drehte sich schnell weg – nicht schnell genug. Ich hatte gesehen, was er in der Hand hielt und was offensichtlich nicht für einen Patienten bestimmt war. „Bitte kommen Sie, er stirbt, ich bekomme das Fieber nicht herunter." Ich ließ ihn stehen und lief zurück zum Krankenbett, wo gerade ein höchstens vierzehnjähriger Junge mit dem Tod kämpfte und noch bevor er hinzukam, verlor.

Benjamin verfolgte Neles Blick und schien auch zu erschrecken, trat aber zur Seite und ließ Nele ins angrenzende Bad. Also doch nicht das männliche Phänomen hatte ihn so schnell ins Bad gehen lassen. Aber was war es? Während sie auf der Toilette saß, sah sie sich um. Zwei Waschbeutel, einer geschlossen und einer offen, mit einer alten Bürste. Eine Zahnbürste ordentlich im Glas, Benjamins, vermutete Nele, und eine weitere, neben dem Waschbecken liegend. Kurz überlegte Nele, den geschlossenen Waschbeutel zu öffnen. Doch sollte sie dort wirklich finden, was dazu führte, dass Benjamins Bauch einige blaue Flecke aufwies?

Nele gehörte zu den letzten, die den Frühstücksraum betraten. Erleichtert hatte Nele festgestellt, dass Annalena sich nicht in ihrem gemeinsamen Zimmer aufhielt, als sie es betrat. So hatte sie sich beeilt, schnell geduscht und war noch mit feuchten Haaren zu den anderen gegangen, die schon an dem Tisch saßen und eifrig diskutierten. Benjamin zwinkerte ihr zu. David stand am Büfett und goss sich Orangensaft ein. „Sicher keine Jaffa-Orangen, eher aus der Tüte", schimpfte er, aber nicht schlecht gelaunt. Nele musste lächeln und erklärte, dass das Meckern wohl eher eine deutsche Tugend sei. Noch bevor sie zu Ende gesprochen hatte, merkte sie ihren Fauxpas und war froh, dass David gar nicht darauf einging. Er hielt ihr sein Glas hin und goss sich erneut eines ein. „Lass dir von ihr nichts einreden ..., er ..." – „Benjamin ist ein anständiger Kerl!" Er machte eine kurze Pause, bevor er fortfuhr, Benjamin zu beschreiben. „Ein wenig langweilig im

Gegensatz zu mir." Er lachte, trank den Saft mit einem Schluck und tat angewidert. „Auf jeden Fall kein Frauenheld." Er lachte erneut und nahm sein Tablett, um zu den anderen zu gehen. „Deutsche Tugend, das Meckern – hurra, ich bin Deutscher", sagte er weiter lachend zu sich selbst, doch Nele verstand jedes Wort.

Sie trat an den Tisch, sah, dass neben Benjamin kein Platz mehr frei war und setzte sich neben David. Falls Nele glaubte, Annalena hätte kein Gift mehr zu verspritzen, so hatte sie sich getäuscht. Diesmal ging es nicht um einen einzelnen Menschen, sondern gleich um ein ganzes Land. Nicht meines, glaubte Nele sich in Sicherheit und fing an, ein Brötchen zu schmieren. „Was glaubt ihr denn, in welchem Land die Nazis ihr ganzes Geld gebunkert und kaum war der Krieg vorbei, auch einfach wieder abgeholt haben?" Nele fragte sich kurz, warum Annalena Englisch sprach. Schließlich hatte sie die Erfahrung gemacht, dass sie jedes Mal ins Hebräische wechselte, sobald Nele auftauchte, um sicherzugehen, dass diese sich ausgeschlossen fühlte – was bedauerlicherweise auch hier und da funktionierte. Gleichzeitig weckte es aber auch Neles Ehrgeiz, die ihr noch fremde Sprache schnell zu lernen. „Na?", Annalena sah fragend in die Runde – Nele ebenfalls. So richtig aufmerksam folgte wohl kaum jemand; auch nicht, als sie ihre eigene Frage sehr laut selbst beantwortete. „Die Schweiz." Auch wenn es einen Augenblick gedauert hatte, spätestens jetzt, als Annalena sie eindringlich ansah, wusste Nele, warum sie Englisch gesprochen hatte. Diese Spitze galt nicht dem Land mit den vielen Bergen, sondern ganz allein ihr, die jetzt erst verstand, dass sie ja angeblich Bürgerin des beschriebenen Landes war. Also gut, dann jetzt! Sie räusperte sich, sah aber, dass außer Benjamin und Annalena niemand zu ihr sah. Sie stand auf und überlegte sogar einen Löffel gegen ihr Tütensaft-Glas zu schlagen. „Was soll das, Annalena?" Nele sah zu Ewa, die Annalena schräg gegenübersaß. „Es gibt auf dieser Erde wohl kein Land, das eine weiße Weste hat, und sicher auch nicht unseres." Sie nahm einen Schluck Kaffee, bevor sie fortfuhr, zu erklären, dass es ziemlich lange dauern würde, alle Länder zu beleuchten und machte auf die eigene Besetzungspolitik aufmerksam, die sie selber kritisch sah und erntete bejahende Blicke einiger Kibbuzniks in der Runde. Dann sah Ewa zu Nele und sah sie aufmunternd an. „Wolltest du was sagen?" Jetzt hatte Nele die ganze Aufmerksamkeit und spürte nicht nur die ihr bekannte

Röte aufsteigen, sondern auch ihre Knie weich werden. „Ich ...“ fing sie an und wusste nicht, wo sie hinschauen sollte. „Ich“, sie sah auf ihren Teller. „Ich hole mir noch ein wenig Melone“, sagte sie schnell und ging zum Büfett.

„Das kann ja wohl nicht euer Ernst sein.“ Ewa hatte den Bulli geparkt und war zu den Kibbuzniks getreten, die wie selbstverständlich zur Seilbahn gegangen waren. „Ich habe ja eine Ausrede“, sie zeigte auf ihr Bein, welches zur Hälfte durch die Prothese ersetzt wurde. „Aber ihr werdet schön laufen.“ Sie sah in die nicht begeisterte Runde und Nele wunderte sich, dass niemand widersprach. Auch sie wäre lieber gefahren, sah zur Festung hoch und dann zu Benjamin, der gerade von Ewa zur Seite genommen wurde und scheinbar kurz mit ihr diskutierte, bevor er zu ihr trat und ihre Hand nahm.

Auch Sascha lief mit. Nur Annalena hatte sich nicht bei den Autos eingefunden und Nele hatte kurz überlegt, nach ihr zu sehen, bevor David erklärte, dass Annalena schon am Abend zuvor gesagt habe, nicht mitkommen zu wollen. Schließlich sei sie schon auf der Festung gewesen, die hunderte Jahre zuvor als letzte Bastion einiger Juden gegen die endgültige Besatzung der Römer galt und zu einem touristischen Höhepunkt des Landes zählte. Nele hatte darüber gelesen, bevor sie ihre Reise angetreten hatte. Erleichtert, Annalenas hämischen Blicken und Sprüchen nicht ausgesetzt zu sein, lief Nele los und war froh, festes Schuhwerk zu tragen. 300 Meter höher und 40 Minuten später waren Nele und Benjamin am Ziel. Sie hatten kaum gesprochen, was Nele als angenehm empfand. Hatte sie auch mit Lars schweigen können? Sie erinnerte sich nicht und wollte auch nicht an ihn denken.

Das Tote Meer flimmerte zu ihren Füßen und war ein Teil der grandiosen Aussicht. Links von ihnen knipsten weitere Zuschauer mit ihren Fotoapparaten. Nele ließ den Ausblick auf sich wirken und fing dann erst an, einem französischsprachigen Reiseführer zu lauschen, der rechts von ihr mit einer kleinen Gruppe stand und von der Geschichte Masadas erzählte. Erst als sie weitergingen, nahm auch Nele ihren Fotoapparat und wollte fotografieren. „Es gibt schöne Postkarten, spare dir die Fotos und fotografiere lieber mich.“ Benjamin stellte sich vor Nele und breitete seine Arme aus. Dazu stellte er sich auf einen kleinen Felsvorsprung und als Nele auf den Auslöser drückte, rutschte er weg und fiel lachend hin. Ewa, die wie aus dem Nichts kam, lachte nicht, lief so schnell es ihr Bein zuließ, und half dem Gestürzten auf die Beine. Eifrig sprach sie auf ihn ein. So schnell, dass Nele nicht weiter versuchte, ihr Hebräisch zu verstehen. Benjamin schüttelte Ewa ab und trat zu Nele. „Nun ein Foto zusammen." Er nahm Nele den Fotoapparat ab und drückte ihn Ewa in die Hand, die, scheinbar überrumpelt, tatsächlich drei Mal auf den Auslöser drückte.

„Ich muss dir was erzählen." Sie waren wieder allein – so allein, wie es zwischen den vielen Touristen möglich war. Sie hatten einen Felsvorsprung gefunden und aßen mitgebrachtes Obst. „Ein Geständnis." Er sah sie nicht an. Was konnte schlimmer sein, als deutsch zu sein? Ihr lag die Frage auf der Zunge, aber sie wollte ihn nicht unterbrechen. Doch er schien lange nach einem Anfang zu suchen und so war es schließlich Nele, die zuerst sprach. „Auch ich muss dir ein Geständnis machen." Erleichtert, eine kurze Verzögerung zu haben, sah Benjamin Nele erwartungsvoll und neugierig an. „Möchtest du anfangen?" Nele überlegte kurz und schüttelte feige und ärgerlich über sich selbst den Kopf. „Ewa möchte, dass ich mit der Gondel runterfahre, weil sie sich Sorgen macht", fing er an und berichtete weiter, woher die blauen Flecke an seinem Bauch kamen, die die Badehose erfolgreich versteckt hatte, seine Unterhose am Morgen jedoch nicht. Er war tatsächlich aufgeregt, sprach schnell und undeutlich, doch Nele verstand. Als er fertig war, sah er zu Nele, der Tränen in die Augen getreten waren. „Und dein Geheimnis?" Erwartungsvoll sah Benjamin Nele an und sie war kurz neidisch, als sie sah, dass sein Geständnis ihm eine gewisse Erleichterung verschaffte. Würde es ihr auch so gehen? Tränen würde es wohl nicht auslösen bei ihm, eher Wut – die sie so fürchtete. Die Wolken, so nah über ihren Köpfen, zogen sich zusammen und beunruhigten einige Touristen um sie herum. Er spürte, dass sie einen Augenblick brauchte und beobachtete die unruhigen Menschen. „Wir können Touristen erraten, das spiele ich gerne mit meinem Bruder." Jetzt sah auch Nele zu den Menschen, die sich auf den Weg zur Seilbahn machten. „Und woran erkennt man die Deutschen?" Nun sah sie zu Benjamin, der sie fragend, aber amüsiert ansah. „Oh, das ist leicht, sie sind mit Abstand die Schlechtangezogensten." Er sah sich um. „Schau da." Er zeigte auf einen Mann, der helle Sandalen trug, darin gestreifte Strümpfe, zur knielangen Hose eine Windjacke, über die sowohl ein Fernglas als auch eine fette Fotokamera hingen. Obwohl er einen beigen Regenhut trug, der als einziges zu der beigen Hose zu passen schien, machte auch er sich hektisch auf den Weg zur Gondel. „Du tust ihnen unrecht", wollte Nele erwidern und hörte doch zu, wie Benjamin den Geschmack der Schweizer lobte und sie kurz an sich zog. „Wir sollten auch gehen", sagte er, machte aber keine Anstalten aufzustehen. Er wartete auf ihr Geständnis. „Und nun gestehe!" Sie gestand.

Die Gondel war bis auf den letzten Platz besetzt. Obwohl die Wolken ihren Inhalt nicht angefangen hatten zu leeren, fuhren auch einige Kibbuzniks, anstatt zu laufen. Nele war übel und sie hielt sich an Benjamin fest, der sich ein wenig lustig über ihre Angst machte und sie doch fest umschloss und ihr anbot, ihren Kopf auf seine Schulter zu legen. Sie nahm sein Angebot an und schloss die Augen. „Ich liebe dich", auch wenn sie die Worte gerade in Filmen für eine Floskel hielt und sie sie selbst nur selten aussprach, waren es diese Worte, die aus ihr herauskamen. Sie hatte es ernst gemeint, doch wollte sie eigentlich warten, bis er sie als erstes aussprach. Sie ärgerte sich doppelt, das eigentliche Geständnis nicht herauszubringen. Er hatte es geschafft, auch wenn es ihm schwerfiel. Genauso wenig wie er konnte Nele etwas dafür, wofür sie sich so schämte. Was war eigentlich schlimmer?
„Ach, sieh mal, Bethel hat wieder Ausgang." Lars hatte seinen Arm um ihre Schulter gelegt und deutete auf eine Gruppe junger Leute, die durch Bielefelds Neustadt liefen, wahrscheinlich bummelten, so wie sie auch. „Hör auf damit, ich mag das nicht", hatte Nele gesagt und gewusst, dass er es sich nie abgewöhnen würde, Nele darauf aufmerksam zu machen, wenn sie eine Gruppe von Menschen mit Behinderungen sahen, die vermutlich wirklich aus Bethel kamen.

Annalena war fort, ihr Bett leer und ihr Gepäck weg. Keine Notiz. Nele ließ sich mit Ewa verbinden, die berichtete, am Hotelempfang erfahren zu haben, dass Annalena zurück zum Kibbuz gefahren war. Erleichtert setzte sich Nele auf ihr Bett und atmete tief durch. Dann ging sie zum

Fenster und sah hinaus. Es wurde dunkel und die Wolken über ihr ließen ein wenig Regen herunter. „Wenigstens das Wetter ist romantisch." Er war hereingekommen und hatte sich hinter sie gestellt. Kurz erschrocken, genoss sie seine Nähe und Wärme, die sein Körper ausstrahlte. „Ich hab auch noch ein Geständnis." Benjamin stand immer noch hinter ihr und hielt Nele im Arm. „Ich liebe dich auch." Er hatte die hebräischen Worte gewählt und schob die deutsche Übersetzung leise hinterher. Nun drehte er sie langsam zu sich um, und sie küssten sich das erste Mal lange, erst ruhig und sanft, dann immer leidenschaftlicher. Erst nach einer ganzen Weile lösten sie sich voneinander. Inzwischen war es fast dunkel und um sich ansehen zu können, machte Benjamin das Nachttischlicht an. Kurz verschwand jede Romantik, als sich das karge Zimmer blicken ließ. Sie sahen sich an und Nele wusste, dass es nicht beim ersten langen Kuss bleiben würde. Auch wenn sie sich in seiner Gegenwart sicher fühlte, war sie doch sehr aufgeregt. Hatte sie sich zwar einen romantischeren Ort vorgestellt, wollte sie trotzdem nicht mehr warten und legte ein Shirt über die Lampe. Benjamin verließ das Zimmer und hinterließ eine erschrockene Nele.

Sie setzte sich aufs Bett und versuchte, die letzten Minuten Revue passieren zu lassen, musste aber an ihr erstes Mal mit Lars denken. Es war alles andere als romantisch. Taghell in ihrem Kinderzimmer, den Druck im Nacken, es mit 17 Jahren „auch endlich zu machen". Der heftige Schmerz, als er in sie eindrang. Darauf vorbereitet, hatte sie versucht, es ihn nicht merken zu lassen. Auch für ihn war es das erste Mal. Nele hatte Spaß daran gefunden, auch wenn sie selten bis zum Ende befriedigt wurde. Dabei versicherte sie Lars stets, dass es nicht an ihm lag, hatte sich dann jedoch angewöhnt, vor ihm so zu tun als ob. Genauso wie ihre Lieblingsschauspielerin Meg Ryan, die es als Sally so schön deutlich ihrem Gegenüber Harry vorführte.

Sie machte den Fernseher an und wollte schauen, ob es etwas gab, was sie ablenkte, als Benjamin zurückkam. Er hatte tatsächlich zwei Kerzen, eine Flasche Wein und ein tragbares Radio dabei, aus dem klassische Musik ertönte. „Leider nicht der Bolero", kicherte er, als sie beide im Bett lagen und anfingen, sich noch näher kennenzulernen.

Nele hatte selten Schwierigkeiten einzuschlafen. Selbst wenn sie unruhig war und ihre Gedanken drohten, Karussell zu fahren, träumte sie sich einfach an einen schönen Ort. Diesmal wusste sie nicht, wohin sie sich träumen sollte. Sie war da, wo sie sein wollte. Benjamin hatte einen Arm um ihren nackten Oberkörper gelegt, atmete gleichmäßig und Nele beneidete ihn um seinen Schlaf. Es war schön gewesen, sanft und… Sie nahm seine Hand, die sie kaum im Kerzenlicht erkennen konnte und hielt sie an ihre Lippen. Wenn doch das blöde Geheimnis nicht zwischen ihnen stehen würde. Er hatte auf Deutsch „ich liebe dich" gesagt, „weil man in der Schweiz ja wohl Deutsch spricht", hatte er erklärt, kurz bevor er eingeschlafen war. Gleichzeitig hatte er hinzugefügt, dass er noch nicht bereit sei, mehr Deutsch zu lernen – „noch nicht", so seine Worte. Das Radio spielte etwas Schweres, sicher ein deutscher Komponist, Schumann oder Brahms, tippte Nele, die wenig übrig hatte für die Komponisten der Romantik.

„Na ja, streng genommen gehört Tschaikowsky auch in die Zeit", hatte Neles Oma ihr erklärt, als sie das erste Mal gemeinsam in Weimar waren und vor dem Franz Liszt-Haus standen. Sie reiste oft mit ihrer „Minka", wie sie und ihre Cousins die Mutter ihrer Mutter nannten. Schon lange Witwe, war sie froh, eine so neugierige und aufmerksame Reisebegleiterin zu haben. 15 Jahre alt war Nele, als sie sich das erste Mal aufmachten mit dem Reisebus.

Paris war ihr erstes Ziel und nahm sie, wie fast alle Besucher, sofort gefangen. Stolz, die Sprache nach zwei Jahren Unterricht auch endlich anwenden zu können, hatte sie nur in einem Moment vergessen, Französisch zu sprechen. Sie waren auf dem Montmartre. „Zwei Stunden Aufenthalt", hatte der Reiseführer gesagt, bevor er mit einer kleinen Gruppe ihrer Reisegesellschaft losgelaufen war. „Das schauen wir uns alleine an", hatte Minka vorgeschlagen und Nele zu dem Platz gebracht, auf dem die Künstler ihre Werke verkauften. Dann erklärte Minka, dass sie eine Pause brauchte und hatte Nele ermuntert, doch ein wenig alleine herumzulaufen, während sie bei einem Café au lait auf ihre Enkelin warten wollte. Nele mochte nicht ohne ihre Großmutter gehen und trank einen Kakao, während sich Minka ausruhte. „Très belle", hatte ein junger Franzose gesagt, der ganz dem Klischee dieses Ortes entsprach. Ein schwarzes Barett auf dem Kopf, dazu ein rot-weiß gestreiftes Oberteil, allein das volle Haar unter der Mütze unterschied ihn von Picasso, an den Nele unweigerlich denken musste, aber auch der Modeschöpfer Gaultier kam ihr in den Sinn. Der Künstler vor ihr hatte kurz aufgesehen und Neles Blick eingefangen, bevor er geschickt weiter mit einer Schere in der Hand das Antlitz eines asiatisch aussehenden Touristen aus Papier schnitt. Nele, hochrot nach diesem Kompliment, wollte sofort weitergehen, doch Minka amüsierte sich über den Flirt und blieb stehen. So war es tatsächlich Nele, die als nächstes Modell saß, während der Franzose auch aus ihrem Profil einen Scherenschnitt anfertigte. „Für 3 Franc und einen Kuss auf die Wange", hatte er versucht auf Deutsch zu sagen und gefragt, wo denn dieses Bielefeld liege, von dem Nele erzählte, während er eifrig weiter mit ihr flirtete – sehr zum Vergnügen ihrer Großmutter. Als er fertig war, gab Minka ihm amüsiert fünf Franc und ersparte ihrer Enkelin den Kuss. Sie waren fast wieder am Bus, als vor ihnen eine ältere Dame vollbeladen mit Einkäufen stolperte, und eine Tüte mit Äpfeln herunterfiel. Einige Äpfel kullerten über den Asphalt und Nele machte sich sofort daran, der Frau zu helfen. Wortlos hob sie die Äpfel auf und nahm das dankbare Lächeln der Frau entgegen. Sie nahm einen Apfel und reichte ihn Nele. „Vielen Dank, das ist aber nicht nötig", antwortete Nele, vergessend, wo sie sich gerade befand. Das Lächeln der Frau gefror und sie sah zu Neles Großmutter, die nun neben ihrer Enkelin stand. Ohne zu zögern, riss ihr Gegenüber Nele den Apfel aus der Hand und spuckte ihnen, laut fluchend, mit Worten, die Nele nicht im Unterricht gelernt hatte, vor die Füße. Einzig das Wort „Allemande", hatte sie verstanden. „Es tut mir leid, dass du das erleben musstest", hatte sich ihre Großmutter, sehr leise sprechend, im Bus entschuldigt, während die Reiseführerin noch etwas über Sacré Cœur erzählte, die Kirche, die erhaben auf dem Montmartre thronte. Nele, noch ein wenig geschockt, sah, dass die Hände ihrer Großmutter zitterten. „Ich weiß auch nicht, ob ich es uns verzeihen könnte."

Verdammt. Sie hatte es verdrängt. Wenn sie sonst an Paris dachte und an ihren Besuch mit Minka, kamen ihr weitere Flirts, die Angst alleine oben auf dem Eiffelturm und das Gedränge in der erhabenen Kirche Notre-Dame in den Sinn. Auch der schöne Pullover, den Minka ihr in den Galeries Lafayette kaufte, und die Entstehung des Scherenschnitts, der mittlerweile gerahmt bei ihren Eltern an der Wand im Wohnzimmer hing. Inzwischen war sie auch mit Lars in Paris gewesen, andere Erinnerungen waren dazugekommen und die alten hatten ein wenig in den Hintergrund weichen müssen. An die alte Dame hatte sie nicht mehr gedacht, nicht mehr denken wollen. Der Schlaf wollte immer noch nicht kommen und Nele stand schließlich auf, um sich abzulenken.

Es war noch eine Weile Zeit, doch inzwischen wusste Nele, dass Esther gerne zeitig mit ihren Projekten anfing. Und so standen sie mit den Kindern am Tisch und versuchten Kerzen für das Chanukka-Fest herzustellen, während Esther den Kindern und Nele erklärte, was an diesem Tag im Dezember gefeiert wurde. Benjamin trat zu ihnen und zog Nele sanft zur Seite, nachdem Esther mit ihrem kleinen Vortrag fertig war. „Lust auf noch mehr Vergangenheit?" Nele nickte fragend. „Kannst du haben, Barbuschka möchte mit dir nach Yad Vashem fahren", antwortete Benjamin, nickte Esther zu und ging zurück in sein Klassenzimmer.

Sie hatte immer noch keine Gelegenheit gefunden, es ihm zu sagen… immer noch nicht den Mut dazu gehabt. „Mut braucht Charakter", sagte ich; „ich weiß, wovon ich rede", fügte ich leise hinzu, wohl nicht leise genug. Nele sah mich fragend an. Ihre Augen waren immer noch gerötet. Wir waren in der Halle der Namen gewesen.

„Wie sollen wir das jemals rechtfertigen?" Er stand am Fenster und sah hinaus. Ich war zu ihm getreten und stellte mich neben ihn. Kaum angekommen, sah er sich nur kurz um, bevor er meine Hand nahm und wir gemeinsam hinausschauten.

Die vielen Fotos der im Holocaust ermordeten Juden ließen es nicht zu, emotionslos zu bleiben. Wir hatten, seitdem wir das große Gelände betreten hatten, leise gesprochen, daher wunderte es mich nicht, dass sie jedes Wort verstand und ich war froh, sie und mich ablenken zu können. „Dort", ich zeigte zu dem Baum, an dem gerade ein junges Pärchen dabei war, einen Stein abzulegen. Tatsächlich war es der Baum mit den meisten Steinen. Wir warteten ab, bis das Pärchen weiterging und traten ebenfalls, allerdings ohne Stein, an den Baum. „Er war mutig, riskierte sein Leben." Nele machte eine kurze Pause, bevor sie sagte, dass sie lediglich einen Freund verlieren würde. „Das glaube ich nicht." „Hast du einen von ihnen gekannt?" Ihre Stimme zitterte leicht und mir war klar, was für einen Mut sie brauchte, um die Frage zu stellen. Ich hob die Schultern. „Nele, ich weiß es nicht." Wir sprachen nicht darüber, hatten unsere Geschichten und Erlebnisse am anderen Ende des Mittelemeers gelassen, nur die langen Schatten konnten wir auf der strapaziösen Fahrt übers Wasser nicht abschütteln. Auch wenn sie uns meist in der Nacht heimsuchten, blieb uns am Tag nicht viel Zeit. Wir wollten, wir mussten ein Land aufbauen. Alten Feinden folgten neue. „Aber den Film habe ich gesehen, mit Benjamin und seinem älteren Bruder Arvid."

Wir hatten nicht lange geschwiegen, als wir aus dem Kino kamen. Immerhin dauerte es diesmal ein wenig länger, bis ihre Streitereien anfingen, und ich nahm mir vor - wie schon so oft - immer nur mit einem Enkel etwas zu unternehmen. „Wenn er schon sämtliche Nazis von Deutschen spielen lässt, warum dann nicht auch den Hauptdarsteller?" Wir hatten uns in ein Café gesetzt, nachdem ich ihnen versichert hatte, dass es für mich in Ordnung war. Natürlich hatte der Film mich aufgewühlt, doch ich versuchte, meine eigenen Bilder, die sich mir aufdrängten, erst am Abend zuzulassen. Es gelang mir nicht.

„Wie viele sind es bis jetzt?" Ich vermied es, in den Hof zu sehen und sah ihn an. Er hob die Schultern und ließ meine Hand los. „Ich weiß es nicht", antwortete er und ich überlegte, ihn nach dem Ort zu fragen, dessen Name durch das Lager geisterte. Ich wusste, dass dieser Moment mit ihm allein rar war und so konnte ich mir keine Zeit lassen und fragte ihn direkt, „Was ist Auschwitz?"

„Ich glaube, es ist das erste Mal, dass Steven Spielberg Rollen überhaupt mit deutschen Schauspielern besetzt hat", versuchte ich die erhitzen Gemüter zu beruhigen und meine Gedanken zu verdrängen. „Ja, aber nur als Nazis", behauptete Arvid. „Ja und, die Deutschen waren nun mal Nazis." Ich sah zu Benjamin und dachte ernsthaft kurz darüber nach, ihm endlich seinen Hass auf die Menschen und ihr Land zu nehmen. Ich wusste, es hätte nur einen Satz gebraucht und doch wählte ich einen anderen. „Es gab auch eine deutsche Schauspielerin, die eine Jüdin gespielt hat." Überrascht sahen die beiden mich an und wollten natürlich wissen, woher ich das wusste. Es hatte einen Moment gedauert, bis mir klar wurde, woher ich sie kannte. Die Frau, die so darum bettelte, dass ihre Eltern auf seine Liste kamen. Erst hatte ich geglaubt, sie aus einem anderen Film zu kennen, und war erleichtert, als es mir wieder einfiel. „Ich habe sie Theater spielen sehen." Es hatte funktioniert, sie stritten nicht mehr, sahen mich beide erstaunt an und fragten unisono, „Wo?" Hilfesuchend sah ich zu der Bedienung, die kam, um unsere Bestellung aufzunehmen. Erleichtert, die Aufmerksamkeit auf sie lenken zu können, hauchte ich ein „Basel oder Zürich" zur Antwort und schämte mich, erneut lügen zu müssen.

„Ich musste noch nie mutig sein." Nele schien ernsthaft nachzudenken. Sicher war sie mutig, als sie an der Spitze des Eiffelturms stand... Auch ihr mündliches Abitur und das Springen vom Fünf-Meter-Brett hatte sie Überwindung, und damit auch ein wenig Mut gekostet. Aber außer vielleicht um einen blauen Fleck oder eine schlechte Note war es dabei nie um wirklich viel gegangen. „Ich wünschte mir nur, ich hätte den Mut, es Benjamin zu sagen." Sie sah mich kurz an und dachte darüber nach, mich zu bitten, es für sie zu tun. Aber Feigheit war das Gegenteil von Mut und so wollte sie auch nicht sein. Wir setzten uns auf eine Bank. Die Sonne hatte sich durchgesetzt, schien von einem kaum bewölkten Himmel herab, und doch fröstelte es mich, wie jedes Mal, wenn ich hierherkam. Ich hatte ein wenig Brot mitgenommen und verteilte Krümel an eifrige Spatzen, was sicher auch ein bisschen Mut erforderte, denn ich war nicht sicher, ob das erlaubt war.
Das junge Paar, das Steine an Oskar Schindlers Baum gelegt hatte, stand etwas abseits und küsste sich leidenschaftlich. Auch mutig an diesem Ort, dachte ich und beneidete sie doch um ihre

Unbeschwertheit und Freiheit. Nele, die meine Gedanken erriet, schüttelte erbost den Kopf. „Das gehört sich ja nun wirklich nicht an diesem Ort", sagte sie und schien tatsächlich aufstehen zu wollen. Ich hielt sie fest. „Doch nicht hier, wo das Grauen so nah ist", sagte sie und ich erkannte, dass sie Tränen in den Augen hatte. „Ich werde dir helfen, Nele." Ja, es war Zeit, auch ich musste es endlich hinter mich bringen. „Kommt am Sabbat nach Chanukka zu mir. So lange kannst du warten." Erleichtert nickte Nele mir zu.

Benjamins Projekt nahm ihn neben seiner Lehrtätigkeit in den nächsten Tagen voll in Anspruch. Auch Annalena schien sämtliches Gift verspritzt zu haben und ließ Nele in Ruhe, sodass sie Zeit hatte, Hebräisch zu lernen. Auch wenn Benjamin abends erschöpft war, bestand er, sehr zur Freude seiner Freundin, darauf, dass sie bei ihm blieb. „Es ist nicht unbedingt vererbbar." Die Dezemberabende konnten auch in Israel recht kühl sein und Nele war froh über die Decke, die sie und Benjamin wärmte. Sie hatten zusammen gekocht und Benjamin hatte ihr von seinem Diabetes erzählt. Dann hatten sie sich auf die Terrasse gesetzt und noch ein Glas Wein getrunken. „Was meinst du?" Nele war nicht sicher, ob sie sein Englisch richtig verstanden hatte. „Na unsere Kinder müssen es nicht unbedingt auch bekommen." Nele musste lächeln, er sprach von „ihren Kindern". Doch Rührung darüber stellte sich nicht ein. Aber das Deutschsein, das würde sie vererben… Und da die Mutter diejenige war, die den Glauben vererbte, würde es schwierig werden. Neles Gedanken überschlugen sich und der Wein machte sie kurz mutig. Er stellte sich vor, Kinder mit ihr zu haben, er würde sie nicht hassen. Sie formulierte die Worte vor, was eigentlich nicht nötig war – zu oft hatte sie sie schon unausgesprochen gedacht. „Es hat auch Vorteile," Benjamin nahm einen Schluck. Dann erzählte er davon, dass der Diabetes ihn davor verschont hatte, zur Armee zu gehen, und davon, wie wütend sein Bruder war, dass er nicht trotzdem gegangen war, felsenfest davon überzeugt, er hätte so doch wenigstens am Schreibtisch dienen können. Neles vorgefertigten Sätze verließen ihre Gedanken und sie hörte – wieder einmal dankbar für den Aufschub – Benjamin zu, der weiter davon berichtete, wie schwer es war, in Israel den Dienst in der Armee zu verweigern. „Ich tauge nicht zum Waffen tragen", sagte er und fing erneut an, enthusiastisch von dem Projekt zu schwärmen, bei dem es um nichts weniger als die Versöhnung und das Zusammenleben von Palästinensern und Israelis ging.

„Warum interessiert dich gerade das Lager?" Schmaul unterrichtete nicht nur Hebräisch, sondern führte auch eine kleine Bibliothek, in der Nele ihn aufsuchte. Sie hatte Benjamin gefragt, was ich ihm darüber erzählt hatte und mein Enkel hatte nur die Schultern heben können. Ich hatte tatsächlich kaum darüber gesprochen. Höchstens ein wenig über Theresienstadt, über das andere Lager nie. „Benjamins Großmutter war dort", antwortete Nele wahrheitsgemäß und war erleichtert, dass es ein englischsprachiges Buch war, welches Schmaul ihr reichte. Auch wenn ihr die Sprache schon ganz gut gelang, die geschriebenen Worte zu lesen, fiel ihr noch schwer. „Eine meiner Tanten war auch dort, in ihrem Vorzeigelager." Natürlich, dachte Nele, schämte sich gleich für ihre Gedanken und fragte sich dennoch, ob es eine einzige Familie gab, die nicht irgendeinen Verwandten hatte, der durch die deutsche Hölle gegangen war, gehen musste. Sie ließ die Frage ungestellt, glaubte ohnehin, die Antwort zu kennen und nahm dankbar Schmauls Angebot an, ihr direkt zu erzählen, was er über das Lager, das eigentlich einmal eine Garnisonsstadt war, wusste.

„Esther, Esther, ob das im Sinne der Kibbuzgründer ist." Sie hatte langsam gesprochen, so, dass Nele jedes Wort zu verstehen glaubte. Aber ihr amüsierter Gesichtsausdruck widersprach ihren ernsten Worten. Nele stand am CD-Player und wollte gerade erneut das schon zum dritten Mal abgespielte Lied starten, als Ewa zu ihnen getreten war. Amüsiert ließ sie sich von zwei Kindern umarmen, die noch kurz davor, verkleidet als Kerzen, Teil des kindlichen Chanukkaleuchters waren und, begleitet von CD, eifrig ein Chanukkalied sangen. „Oh Chanukka, oh Chanukka", sang nun Ewa und bewegte sich mit den Kindern, bevor sie Esther ein paar Briefe zusteckte. „Hier ist auch ein Brief für dich", Nele glaubte, dass Ewa ihr verschwörerisch zunickte und folgte ihr, nachdem sie erneut das Lied startete, die Kinder sich wieder in die Reihe stellten und unter Esthers Anleitung sangen und tanzten.
„Na ja, dass die Religion den Familien vorbehalten bleibt, klappt wohl

nicht überall." Sie waren im Flur angelangt. „Die Mehrheit hat sich eben dafür entschieden." Ewa erklärte, dass sie den Urgedanken, die Religion außen vor zu lassen, bevorzuge und trotzdem den Feiernden ihren Spaß gönne. Sie sah auf den Brief in ihrer Hand, bevor sie ihn Nele reichte. „Ich bin zwar nicht völlig mit den arabischen Buchstaben vertraut, aber das kann ich lesen und für Fußball interessiere ich mich auch." Nele sah auf den Umschlag und zu der Briefmarke.

„Mist, die blöden Dortmunder", hatte Lars geflucht. Nachdem die Bielefelder „Arminia" mal wieder nicht in der ersten Liga spielte, war es die Mannschaft vom FC Bayern München, für die sein Fußballherz dann schlug. Typisch, einen zweitklassigen Verein würde Lars nicht unterstützen. Das zum Thema Treue, dachte Nele, die sich selbst nicht für Fußball interessierte und doch verwundert war, dass es ausgerechnet diese Sportart war, die sie zwar nur kurz, aber heftig zur Patriotin werden ließ. Damals, im Alter von dreizehn Jahren, auf dem Campingplatz in Südportugal, als lediglich sie und ihr Vater vor dem Fernseher in dem kargen Essensraum saßen und jubelten, als Deutschland Weltmeister wurde.

„Schwarz-gelb, Dortmund?!" Es war mehr eine Feststellung als eine Frage und Nele nickte. „Hach, ich bin gut", lobte sich Ewa und sah in Neles ernstes Gesicht. Kurz erleichtert, nicht Lars' Handschrift zu erkennen - er hätte auch sicher nicht die Briefmarke mit dem Deutschen Meister gewählt - brauchte Nele den Umschlag nicht umzudrehen, um zu wissen, von wem er war. Eine Kerze lief an ihnen vorbei, zur Toilette, wie Nele vermutete, und sie steckte den Umschlag schnell weg, wohl wissend, dass der fünf Jahre alte Junge sicher nicht auf den Umschlag achten würde. „Vielleicht solltest du es Benjamin doch bald sagen. Ich weiß nicht, was passieren würde, wenn Annalena die Post entgegennimmt." Ewa sah sie ernst, aber nicht unfreundlich an. „Sie kann auf jeden Fall die arabische Schrift", gab sie zu bedenken. Nele nickte und hörte zu, wie Ewa ihr anbot, zugegen zu sein und sie zu unterstützen. Die Kerze kam aus dem Bad zurück. „Was ist mit Händewaschen?", fragte Nele auf Hebräisch und musste lächeln, als die „Kerze" ertappt zurück ins Bad tippelte. „Nein, das brauchst du nicht", erklärte Nele und erzählte von unserer Verabredung am Freitag nach Chanukka.

Liebe Nele!

Blabla Blabla. Es tut mir leid. Blabala... Ich bin immer eifersüchtig auf Dich gewesen... Blablabla. Du viel hübscher... Blablabla... Die Lehrer mochten Dich viel lieber. Blabla. Die Mädchen mochten Dich viel lieber... Blabla... Eifersucht. Blablabla.

Deine Martina

Sie hatte den Brief zuerst nur überflogen, sich dann aber entschlossen, ihn ganz durchzulesen. Sie war froh, ein wenig abgelenkt zu sein und gleichzeitig irgendwie bewegt. Neid – das war es also gewesen. Eine der sieben Todsünden; die verstörenden Bilder des Filmes, den sie gerade erst ein paar Tage zuvor mit Benjamin im Kino gesehen hatte, lenkten sie kurz ab. Benjamin hatte sich entschuldigt, hätte er doch nie gedacht, dass der amerikanische Psychothriller, in dem ein Serienmörder gerade die sieben Todsünden zu seinen Mordmotiven auserkoren hatte, so grausam endete.

Nele hatte sich in Benjamins leere Wohnung zurückgezogen. Benjamin war in Jerusalem und traf sich mit einem arabischen Lehrer, mit dem er den Austausch der Schüler durchsprechen wollte. Im Anschluss wollten sie zu einer Friedensschule irgendwo zwischen Tel Aviv und Jerusalem reisen, um an einem zwei Tage dauernden Seminar teilzunehmen. Nele wollte ihn von dort abholen, damit er ihr die Schule, auf der palästinensische und jüdische Kinder zusammen lernten, zeigen konnte. Sie sah auf den Brief in ihrem Schoß und schüttelte den Kopf. Warum war ihre beste Freundin neidisch? Sie war hübsch und auch in ihren Noten unterschieden sie sich kaum. Gut, ihre Eltern hatten sich getrennt, als sie klein war und Martinas Mutter war kein Kind von Traurigkeit, weshalb allein Nele schon zwei Stiefväter von Martina miterlebt hatte. Aber sich deshalb auf den Schoß ihres Freundes zu setzen und ihn zu küssen, während Nele den Raum betrat? Konnte sie ihr jemals wieder vertrauen? Würde Benjamin ihr jemals wieder vertrauen?

Sie starrte aus dem Fenster. Wie lange sie dasaß, konnte sie nicht sagen, auf jeden Fall erschrak sie, als sie mein Klopfen hörte.

„Barbusch", sagte sie eher verwirrt, als überrascht und erklärte, dass

Benjamin nicht da sei. „Ich bin deinetwegen hier." Nun schaute sie erst recht verwirrt, aber nicht unfreundlich. „Aha", war ihre kurze Antwort und ich bat sie, mich hereinzulassen. Sie erklärte, dass der Kibbuz im Moment viele Gäste unterbringen musste und sie ihr Zimmer freigegeben hatte. Dabei war sie wieder ein wenig rot geworden und ich hätte sie gerne gedrückt. „Ich habe dir etwas mitgebracht", sagte ich stattdessen, nahm meinen Beutel und legte ihn auf dem Esstisch ab. „Chanukka und Weihnachten sind dieses Jahr zur selben Zeit." Ich sah mich um, nichts erinnerte an das bevorstehende Lichterfest und schon gar nichts an Weihnachten. Einzig eine Menora auf der Kommode zeigte, zu welcher Religion mein Enkel gehörte. Ich trat zur Kommode und sah zu den gerahmten Fotos. Wenige zwar, doch um Platz zu schaffen, schob ich sie sacht zur Seite und sah mich dabei an: angelehnt an Yaczek, der stolz die Uniform der Haganah trug, gerade stehend, und ich eingehakt in seinem Arm – ohne Uniform, obwohl es durchaus auch Frauen gab, die sich der Untergrundorganisation angeschlossen hatten, um Palästina von den Briten zu befreien. Ich mochte keine Uniformen, keinen Krieg und war so erleichtert, dass Benjamin nicht zur Armee musste.

„Ein Adventskalender", Nele staunte, als ich die Päckchen auf der Kommode verteilte und es auch nicht lassen konnte, einen kleinen Chanukka-Kerzenständer dazuzustellen. „24 Tage sind es ja nicht mehr", entschuldigte ich die fehlenden Päckchen und sah, dass Nele sich tatsächlich freute.

Von irgendwoher kam Musik. Ein Radio vermutete ich, während ich versuchte, eine offene Wunde mit einem dreckigen Lappen zu desinfizieren. „Stille Nacht, heilige Nacht." Die Tür wurde geöffnet, er trat herein.

Ich sah auf das Foto und versuchte, meine Gedanken zu verdrängen. „Tanne gibt es leider nicht", erklärte ich, während ich ein kleines improvisiertes Gesteck mit Kerze ebenfalls auf die Kommode stellte.

Um den Chanukkaleuchter mit Kerzen zu bestücken, setzte ich mich an den Esstisch und schob einige Bücher zur Seite. Nele versuchte sie schnell wegzuräumen, doch ich war schneller. Schmaul hatte sie ihr mitgegeben, das Buch über Theresienstadt lag oben. Diesmal war Nele nicht nur leicht errötet. Ich nahm das Buch und blätterte es durch. Der Film des Vorzeigelagers. Ich fing an, Nele davon zu erzählen und ließ es zu, daran zu denken, mich zu erinnern.

Wie froh Mutter über die Ablenkung und die Hoffnung auf Extrarationen gewesen war, die gerade ich so gut gebrauchen konnte. „Nimm es." Ich fühlte das harte Stück Brot und widerstand dem Drang, es sofort in den Mund zu stecken. „Wir brauchen Desinfektionsmittel und...", ich wollte weiterreden, meine täglichen Bitten aufzählen, wissend, dass er tat, was er konnte, als die Tür zum Krankenzimmer aufgestoßen wurde. Mein Name hallte durch den Raum und es dauerte, bis ich verstand, wen sie suchten. Zu lange war ich nur eine Nummer. Ich nickte und ließ es zu, dass sie mich rausziehen wollten. Und da sah ich sie das erste Mal bei ihm. Das Gefühl, an das ich mich schon dachte gewöhnt zu haben, im Bewusstsein, dass man sich nie daran gewöhnen kann. Ich konnte meinen Blick nicht von ihm lassen, und glaubte, in diesem Moment seine Angst mehr zu spüren, als meine eigene. Und doch tat sich etwas in seinem Gesicht und sein ganzer Körper nahm Haltung an. „Was soll das?" Sie erklärten ihm, dass die am Film Beteiligten umtransportiert werden sollten und ich war beteiligt. „Nehmt, wen ihr wollt, aber nicht die Ärzte und Schwestern, sonst bricht hier alles zusammen." Er sah sie erstaunt an. Ich wagte nicht, weiter hin und her zu sehen und sah auf den Boden. Irgendwann musste es doch passieren, warum nicht in dem Moment. Auch ich hatte mitbekommen, dass das Lager sich leerte, und konnte nur ahnen, wohin die vollen Züge fuhren. „Schmanke, Schmanke, so kenne ich Sie gar nicht." „Wenn wir auf sie verzichten, bricht hier alles zusammen", die Stimme fest und erfolgreich.

„Alle, die am Film beteiligt waren?" Nele sah auf die Fotos in dem Buch. Fast alle – mir ließen sie noch ein paar Wochen Zeit, wollte ich erzählen und beließ es nur beim Nicken. „Bist du Christin?", versuchte ich uns auf andere Gedanken zu bringen. Diesmal nickte Nele und erklärte nach einem Moment, dass es ihr aber nicht gelungen war, Jesus an seinen Wirkungsstätten nahegekommen zu sein. „Das wird wohl nur wenigen gelingen", erklärte ich ihr und fragte, ob sie mit mir am Heiligabend in die Kirche gehen wolle. Erstaunt sah sie zu mir. „Ich dachte, wir gehen Heiligabend zusammen in die Kirche und am nächsten Tag kommst du mit uns in die Synagoge." Ihr Erstaunen wich nicht und ich lud sie zum letzten Tag des Chanukkafestes ein, an dem ich in die Synagoge ging, bevor ich mit meinen Lieben zu Abend aß und die letzte Kerze anzündete. Sie nickte und ich schlug ihr vor, ihr an dem Abend beizustehen und Benjamin endlich die Wahrheit zu sagen. Zumindest ihre, meine erwähnte ich nicht.

„Nele, Nele!" Benjamin war zurück und wirbelte seine Freundin durch die Luft. „Das wird eine echt große Sache." Er setzte sie ab und schien wirklich aufgeregt, während er Nele von seinem Projekt vorschwärmte. „Vielleicht wechsel ich an die Schule." Er hielt kurz inne und sah zur Kommode. „Geschenke?" Er nahm ein Päckchen in die Hand. „Ein Adventskalender", erklärte Nele und weiter den Brauch, zu jedem Tag im Dezember ein Päckchen zu öffnen. Eine deutsche Tradition. Nele überlegte kurz, ob sie nicht doch die Gelegenheit ergreifen sollte, ließ es aber bleiben, da Benjamin weiter von seinem Austausch von jüdischen und arabischen Kindern erzählte und lachte, als er sie darauf aufmerksam machte, dass es sogar einen Kindergarten gab.

Kein Schnee weit und breit. Und doch schallte das Lied von Bing Crosby aus einem Geschäft, als Nele und ich die Via Dolorosa entlangliefen. Wie befürchtet, war es recht voll. „Jetzt stell dir das mal an Ostern vor." Ich hatte mich bei Nele untergehakt und blieb bei einem kleinen, äußert kitschig geschmückten Plastiktannenbaum stehen und wir betrachteten das gute Stück. „Ich hoffe ja, du bist Ostern noch da?" Nele erschrak kurz, hatte sie doch gerade daran gedacht, und beschlossen zu fragen, ob sie nicht sogar ein ganzes Jahr bleiben konnte. Weiter traute sie sich fast gar nicht zu denken, doch ab und zu träumte sie sogar davon, in Tel Aviv zu studieren.

„Ostern kommen wir aber dann sicher", hatte ihr Vater Nele erst am

Tag zuvor versprochen. Eigentlich hatte er gehofft, Nele überreden zu können, doch nach Hause zu kommen, wusste aber, dass es sicher keinen Flug mehr geben würde. „Das erste Weihnachten ohne dich", hatte ihre Mutter dazwischengerufen und versucht, tapfer zu klingen, doch wusste ich, dass es für ihre Eltern nicht schön war und sie taten ihr leid - und Nele sich selbst auch in dem Moment. Sie liebte Weihnachten, die Traditionen, die Rituale. Den Bielefelder Weihnachtsmarkt, *Drei Haselnüsse für Aschenbrödel* und *Pippi Langstrumpf* am Vormittag, während ihre Mutter den Baum schmückte. Stollenessen vor der Kirche, obwohl sie sonst nie Rosinen aß. Das *O du fröhliche* am Ende des Gottesdienstes, die Posaunen, begleitet vom Schluchzen ihrer Mama, der Blick zwischen Vater und Tochter, zwischen Rührung und Gekicher. Es folgte der Streit, ob erst gegessen und dann die Bescherung gemacht werden sollte. Das satte Hören von alten Liedern und zum Ende des Abends Loriots Familie Hoppenstedt im Fernsehen. Sie würden zu Tante Romy fahren, hatten sie erklärt und ihr frohe Weihnachten gewünscht. Ihr Paket lag neben dem Adventskalender. Ungeöffnet wartete es darauf, am Heiligabend ausgepackt zu werden. Wir mieden die Auferstehungskirche und gingen in eine weitaus kleinere am Rande der Altstadt. Auch sie war voll und doch bekamen wir noch einen Platz. Und dann fand er sich, der Moment, in dem Nele glaubte, ganz nah bei Jesus zu sein. Das lag nicht daran, dass er an einem Kreuz vor ihr über dem Altar hing. Es war auch nicht die Krippe mit den einfachen Holzfiguren, die Nele und auch mich berührte. Selbst das Lied, das wir als erstes sangen, ließ nur mir die Augen feucht werden.

Es ist ein Ros entsprungen.
Natürlich wusste Vater, wohin wir regelmäßig am 24. Dezember gingen, auch dann, als wir es schon lange nicht mehr durften. Mutter hatte ihren Mantel ausgezogen und über ihren Schoß gelegt. Ich überlegte, es ihr gleich zu tun, sah aber, dass niemand ohne Mantel dasaß und entschied mich dagegen. Ich hatte mich umgesehen, mich erneut gewundert, dass so viele Menschen zusammenkamen, um eine Geburt zu feiern. Die Geburt eines Juden. Ich tastete an die Stelle, wo der Schal

das verbarg, was mich zur Jüdin machte. „Ein Ros", Mama beugte sich zu mir vor und kicherte. „Eine Rose", sie kicherte weiter, „ich dachte immer, es heißt, ‚ein Ross', ‚ein Pferd'." Nun hatte auch ich gekichert.

Hätte meine Mutter die englische Variante gehört, so wie wir dort, wäre sie sicher nicht auf die Idee gekommen, aus der Rose ein Pferd zu machen. Bei dem Gedanken daran, musste ich kichern und war meiner Mutter so nah wie Nele, die in diesem Moment direkt neben mir saß, als ein Junge anfing, das *Ave Maria* zu singen. Ob es das von Bach oder das von Schubert war, wusste ich nicht, konnte ich mir den Unterschied doch nie merken. Ich wollte Nele fragen, ob sie es wusste, aber ich sah, dass sie erfolglos versuchte, die Tränen zurückzuhalten. Ich nahm ihre Hand und drückte sie.

Stille Nacht, heilige Nacht. Das Radio irgendwo in einem der Nachbarräume. Er drückte mir etwas in die Hand und sah sich dabei nervös um. Aber keiner der Menschen um uns herum schien Notiz von uns zu nehmen. „Komm." Grob schob er mich durch das Zimmer zu dem Duschraum, welcher, wie zu erwarten, mitten in der Nacht leer war. Stille Nacht, heilige Nacht. Er erklärte mir sein Geschenk und befahl mir, zu duschen. Dazu drehte er sich um und wartete, bis ich fertig war. Tatsächlich hörte es auf zu jucken, wobei ich nicht glaubte, dass alle Tiere von mir abgefallen waren und ich wusste, dass diese Befreiung nicht lange dauern würde und sie mich sicher schnell wieder belagern würden. Irgendwie hatte ich mich an das Kratzen auch schon gewöhnt. Er hatte frische Kleidung für mich dabei, die ich schnell anzog. „Fertig", sagte ich und er drehte sich um. „Komm", erneut schob er mich grob vor sich her und ich bekam ein weiteres Weihnachtsgeschenk.

So lange her... Doch das Gefühl von damals konnte ich immer wieder heraufbeschwören - seinen Blick, die Mischung aus Angst und

Zärtlichkeit. Ich schob meine Gedanken an diesen Moment auf, gehörten sie sich doch nicht für den Aufenthalt in einer Kirche.

Nele ließ meine Hand los und versuchte, ihre Tränen wegzuwischen. Auch bei mir löste das *O du fröhliche* am Ende des Gottesdienstes Tränen aus und machte es mir nicht möglich, mitzusingen. Sie entschuldigte sich für ihre Tränen und erklärte, dass gerade sie als Evangelin immer mit der Kirche gehadert hatte und sprach von Martin Luther und seiner fragwürdigen Haltung den Juden gegenüber. „Dabei ist Jesus doch Jude", betonte Nele und erzählte weiter, dass erst dieser Abend es geschafft hatte, ihn ihr ein wenig näher zu bringen, und das, obwohl wir nicht in der Geburtskirche waren. Dort hatte sich Arafat zum Gottesdienst einladen lassen oder sich selbst eingeladen.

Bethlehem gehörte zum palästinensischen Teil des Landes und wäre auch sicher ohne ihn überfüllt gewesen und so waren wir eben in der Nähe des Ortes, wo Jesus gestorben war. Auch ich haderte mit meinem Glauben und erzählte Nele, wie meine Mutter erfolglos versucht hatte, meinen Vater zu missionieren. Doch der hielt es so, wie sein Vorbild Marx, und sah Religionen als „das Opium des Volkes" an. Auch ein großer Jude, dachte Nele und schämte sich dafür, in diesen Kategorien zu denken. Tat man das bei einem Christen auch? Nein, zumal sie auch nie wusste, zu welcher Religion jemand gehörte.

„Tja, was meine Mutter kaum schaffte, haben dann die Nazis erfolgreich geschafft." Ich machte eine Pause. „Dich zur Jüdin gemacht", es war ihre leise Feststellung und keine Frage. „Haben sie überlebt?" Diesmal dann doch eine Frage. Ich schüttelte den Kopf. Die Kirche hatte sich geleert und auch wir wurden aufgefordert, das Gebäude zu verlassen. „Schluss mit dem Trübsal, heute ist ein Grund zu feiern."

Ich hatte Nele angeboten, bei mir zu übernachten, doch sie hatte abgewunken und erklärt, dass am letzten Chanukka-Tag gemeinsam ein bisschen festlich gefrühstückt wurde, bevor die Kibbuzniks sich ins Private zurückzogen und jeder feierte, wie er mochte oder eben auch nicht. Hatten wir in unseren Anfängen nicht mal beschlossen, die Religion außen vor zu lassen? Ich musste ein wenig schmunzeln, behielt den Gedanken aber für mich.

Nele bestand darauf, das Taxi zu bezahlen und bekam nicht mit, wie ich dem Taxifahrer Geld in die Hand drückte. „Mach dir keine Sorgen

Nele, er wird es locker aufnehmen," versuchte ich, sie zu beruhigen und auch ein wenig mich selber. In Neles Fall war ich ziemlich sicher, doch in meinem? Jetzt doch sehr aufgeregt, sah ich dem wegfahrenden Taxi hinterher.

Die Tische waren ein wenig festlich gedeckt und zu einer Tafel zusammengeschoben. In der Mitte stand der von den Kindergartenkindern gebastelte achtarmige Kerzenleuchter und als Dekoration lagen einige Holzdreidel auf dem Tisch verteilt. Irina stellte frisch gebackene Krapfen auf den Tisch und einige Kibbuzniks saßen bereits und tranken Kaffee oder Tee.

Nele war spät angekommen, Benjamin hatte schon fest geschlafen. Nele wusste, dass sie kaum schlafen würde und obwohl sie sich keine Worte zurechtlegen wollte, konnte sie an kaum etwas Anderes denken. Erst in den frühen Morgenstunden fiel sie in einen unruhigen Schlaf und hörte Benjamin nicht, der sich zum Joggen aufmachte. So hatte Nele noch ein wenig Zeit, sich auf den Tag vorzubereiten. Da Nele sich schon als Teil der Gemeinschaft fühlte, war es ihr nicht mehr peinlich, alleine in den Speisesaal zu gehen. Es gab immer jemanden, mit dem sie ein wenig reden konnte, auch wenn es doch meist noch auf Englisch war. Esther stand mit einigen der Kinder zusammen und gab letzte Instruktionen für das Lied, welches alle gemeinsam singen sollten. Nele ging zu ihr und half, während sich der Saal weiter füllte. „Ich habe dich vermisst." Sie hatte ihn nicht kommen sehen, aber seine Stimme brachte ein aufgeregtes Kribbeln im ganzen Körper mit. Er hatte ihr die Worte ins Ohr geflüstert, bevor er ihr einen Kuss gab und sich dann auch den quirligen Kindern zuwand. „Er wird sicher mal ein guter Vater." Nele brauchte einen Moment, bis sie die hebräischen Worte Esthers für sich übersetzt hatte. Sie lächelte, während sie Benjamin beobachtete, wie er sich seinen Schülern widmete, die immer mehr den Saal füllten.

Ewa und Sascha traten zu ihnen und Ewa begrüßte die Kibbuzniks, vermied es dabei aber, viel über das Fest zu reden und nickte Esther und Nele zu, damit sie mit den Kindern anfingen, zu singen.

Der Applaus endete und Annalena trat auf. Nele, noch mit den Kindern beschäftigt, die bereits anfingen, sich vom Büfett zu bedienen und sich gleichzeitig unter Esthers Anleitung die Dreidel anschauten, bemerkte sie erst gar nicht. Ihr unechtes Husten schallte durch den Saal. Laut und gekünstelt erreichte es auch Neles Aufmerksamkeit, die erst ein wenig amüsiert, dann aber erneut beeindruckt von der Schönheit der ungefähr gleichaltrigen Österreicherin war, die so gerne Israelin sein wollte. Ein erneutes Husten, noch lauter, erreichte nun auch den letzten Kibuznik und sie hielten inne und schauten nun fast alle zu Annalena, die etwas hinter ihrem Rücken verbarg.

„Guten Morgen", rief sie ihren Zuhörern zu und nahm ihre Hände nach vorne. „Guten Morgen, Heidi", nun sah Annalena zu Nele, die nun auch erkannte, worin Annalena gerade blätterte.

„Du kannst ihn ruhig hierlassen, wenn du magst", hatte Ewa erklärt, während sie die Formalien ihres Aufenthaltes durchgingen. Nele hatte nichts dagegen – warum auch – und ihn völlig vergessen, auch als sie in einem unwichtigen Gespräch erfuhr, dass Annalena in die Verwaltung wechselte.

„Entschuldige, natürlich nicht Heidi, wohl eher ...", sie machte eine Pause, wissend, dass jetzt alle zuhörten. „Eher eine Magda oder Eva?" Diesmal stieg Nele das Blut nicht ins Gesicht, sondern wich komplett aus diesem heraus. Auch sämtliche Flüssigkeit schien ihren Mundraum zu verlassen. Sie traute sich nicht, zu Benjamin zu sehen, der am Büfett stand und Melone naschen wollte. Im Gegensatz zu Nele erkannte und verstand er nicht, was Annalena nun wie eine gewonnene Trophäe in die Höhe hielt. David verstand und nahm Annalena das rote Büchlein weg. „Bravo Annalena, du hattest deinen Auftritt!" Dann wandte er sich an die Kibuzniks, die auch nicht so recht verstanden, was gerade passierte und forderte sie auf, nun gemeinsam zu frühstücken. „Einen Augenblick", jetzt stellte sich Ewa zu David und Annalena. „Es tut mir leid, ich hatte Nele geraten, ihre Herkunft erst einmal nicht zu verraten, das war sehr dumm von mir." Sie sagte die Worte zuerst auf Englisch und wiederholte sie dann auf Hebräisch. „Wir alle haben die schlimmen Bilder gesehen, die uns von den brennenden Flüchtlingsheimen übertragen wurden, von dem Mob der dabei zugesehen hat. Ja, das Bild vom ‚dreckigen' Deutschen der Gegenwart, von der Vergangenheit ganz zu schweigen." Nun trat sie zu Nele, die immer noch starr vor Schreck an derselben Stelle stand und nun alle Blicke auf sich gerichtet spürte. „Aber sowohl Nele als auch alle anderen deutschen Besucher sind ja wohl weit weg von dem, was wir da gesehen haben und noch weiter weg von dem, was vor 50 Jahren

passiert ist, und ich bin froh über ihren Aufenthalt hier bei uns."
„Deutsche Besucher", echote es in Neles Kopf, während Ewa die Worte auf Hebräisch wiederholte. Absurderweise in dem gefühlt schlimmsten Moment ihres bisherigen Lebens kam ihr Klaus Mann und sein Roman über ihren Lieblingskomponisten Tschaikowsky in den Sinn - und dessen Gedanken über Deutschland, „das gefürchtetste Land des Erdteils, dem niemand ganz traute, das keiner ganz liebte."

Nun hatte Ewa den Arm um Nele gelegt. „Viele von uns haben -", sie räusperte sich, „also ich habe mich so mit der Rolle der Opfergeneration identifiziert, dass ich kaum Platz hatte, mir vorzustellen, wie es eigentlich den Nachfolgern der Täter geht. Wie sie sich fühlen. Wie es ist, mit dieser Last zu leben. Jedes Land, unseres eingeschlossen, hat irgendetwas in seiner Geschichte, was es aufzuarbeiten gilt. Südafrika, die USA, ja auch Israel, und ganz ehrlich, so schlecht macht es Deutschland nicht, da gibt es schlechtere Beispiele." Die Flüssigkeit war zurück und hatte ihre Augen längst erreicht. Die Tränen erschwerten den Blick, der nun Benjamins suchte, der, kaum hatten sie sich gefunden, wegsah. „Aber eines", Ewa wurde nun lauter und hielt Nele fest, die den Raum schnell verlassen wollte. „Aber eines", wiederholte sie, „kann ich gar nicht leiden und nicht akzeptieren", Ewa sah zu Annalena, die immer noch an derselben Stelle stand, sich inzwischen aber an eine Säule gelehnt hatte - versucht cool und unantastbar. „Das sind die, die Juden verraten haben, einfach so, ohne jeden Vorteil. Hast du einen Vorteil Annalena?"

Auch wenn Nele merkte, wie die Aufmerksamkeit von ihr zu Annalena übergesprungen war, spürte sie keine Erleichterung und traute sich nicht, Benjamin erneut anzusehen. Sie wischte ihre Tränen weg und sah zu Annalena, die im Gegensatz zu ihr knallrot geworden war. „Aber lügen ist doch auch nicht in Ordnung", stotterte sie irgendetwas zwischen Englisch und Hebräisch. „Dein Glück, dass ich hier nicht alleine bestimme, was mit dir geschieht. Aber Konsequenzen wird es geben. So ein denunziatorisches Verhalten dulden wir nicht, und außerdem hast du Glück, dass ich einen riesigen Hunger habe. Ich wünsche euch allen einen guten Appetit."

„Komm, Nele", sie hatte sie leise aufgefordert, mit ihr frühstücken zu gehen, doch Nele schüttelte nur den Kopf, immer noch nicht in der Lage, zu sprechen.

Benjamin würde alleine kommen. Sie hatte mich nur kurz am Telefon unterrichtet und dann schnell aufgelegt. Ich hatte im Kibbuz angerufen und erfahren, dass Nele abgereist war.

Sie hatten kein Zimmer mehr frei, aber Ursula tat ihre Landsmännin leid, als sie sie mit verweinten Augen am Empfang gesehen hatte. So hatte sie sie privat in ihrer Wohnung untergebracht, die sich im Haus neben dem Hotel befand. Unsicher, aber dankbar hatte Nele das Angebot angenommen und auch das Angebot Ursulas, am Flughafen anzurufen. Sie hatte sich auf eine Warteliste für einen Flug Richtung Mitteleuropa setzten lassen. „Du kannst so lange bleiben, wie du möchtest", hatte Ursula erklärt und ihr ihre Geschichte erzählt.

Benjamin war nicht gekommen und hatte sie nicht abgehalten, zu fahren. Sie hatte im Kibbuz angerufen und Ewa nur schnell gesagt, wo sie auf ihren Flug warten würde. So erkannte ich sofort ihre Ernüchterung, als sie sah, wer soeben an ihre Zimmertür geklopft hatte. Ich nahm ihr ihre Enttäuschung nicht übel. Ein schönes Gästezimmer, doch ich nahm mir gar nicht erst die Zeit, die Gemütlichkeit aufzunehmen. „Ich möchte, dass du mitkommst." Sie schüttelte vehement den Kopf, immer noch weinend und zu schwach, zu sprechen, zu widersprechen.

Auch bei mir wartete die letzte Kerze am Chanukkaleuchter darauf, angezündet zu werden. Witzigerweise in einem arabischen Trödelladen gekauft, hatte diese Antiquität einen festen Platz in meiner Wohnung.

Sie waren schon da. Den Tisch hatte ich schon gedeckt, die typischen Speisen vorbereitet. Ich hatte sie gebeten, in der Wohnung zu warten - wusste ich doch, dass es dauern konnte, sie zu überreden mitzukommen.

„Ich brauche dich, Nele", hatte ich ihr im Taxi erklärt. Keine lange Strecke vom Hotel zu meiner Wohnung. Doch ich brauchte auch keinen langen Weg mehr, um mich auf das vorzubereiten, was ich mittlerweile über 50 Jahre vor mir, hinter mir und mit mir trug.

Nele, die glaubte, nicht noch mehr verlieren zu können, als das, was sie ohnehin schon verloren hatte, war mitgekommen. Ich glaubte, nein, war mir sicher, ein Leuchten in Benjamins Augen zu erkennen, auch wenn er ihr nüchtern die Hand gab. Auch die anderen zeigten weniger von ihrer Herzlichkeit, die ich hoffte, ihnen vererbt zu haben.

Ich zündete die 8. Kerze an und zog die Schublade unter dem Leuchter auf. Ich sah noch einmal zu dem gerahmten Foto mit Yaczek, atmete tief ein und nahm den Brief heraus.

Wir setzten uns und beteten. Während ich die Worte sprach, spürte ich wider Erwarten eine große Ruhe, die sich in mir ausbreitete. Ich war so überzeugt gewesen, zu zittern und zu stottern, und war überrascht, wie ruhig ich nun tatsächlich war. Ich wollte dieses Gefühl behalten und nahm einen großen Schluck des Rotweins, den Hendryk mir eingegossen hatte. Ehrlicherweise muss ich berichten, dass ich das ganze Glas austrank. Vor Aufregung hatte ich den ganzen Tag nichts essen können und so dauerte es nicht lange, bis die Wirkung des Getränkes einsetzte, und mein ruhiges Gefühl blieb.

Erstaunt sah meine Familie zu mir. Was interessierten mich meine Galle oder Sodbrennen? Ich spürte meinen Körper nicht mehr. Ich hielt den Brief in der Hand und drehte ihn langsam um. Eigentlich hatte ich vor, bis nach dem Essen zu warten, aber die Angst, es doch nicht über mich zu bringen, war zu stark. Es gab kein Zurück. „Ich möchte – ", ich verbesserte mich, „ich muss euch etwas vorlesen." Kurz verließ mich meine Stimme und ich musste mich räuspern. Ich nutzte die Zeit, um ihn mit einem Messer zu öffnen. Meine Finger fingen derartig an zu zittern, dass ich ihn Nele, die an meiner Seite saß, reichte und sie bat, ihn weiter zu öffnen. „Der Brief ist auf Deutsch." Ich drückte Neles Hand und ermunterte sie, den Brief ganz zu öffnen. „Ich möchte, dass Nele ihn vorliest – ganz – bevor ich ihn euch übersetze." Nele nickte, hatte die hebräischen Worte verstanden und nahm nun auch ihr gefülltes Glas, um es ebenfalls mit einem Schluck auszutrinken.

Lieber Heinrich,

dass Du diesen Brief lesen wirst, ist das letzte Gebet, das ich zum gütigen Gott schicken werde. Ich schreibe „gütig", weil ich hoffe, ihn so auf meine Seite zu bekommen. Denn was ich heute noch tun werde, ist normalerweise nicht in seinem Sinne, wobei sich die Frage stellt, ob es überhaupt einen Gott gibt. Und wenn ja, wo ist er?

Für mich wirst Du dich sicher ein Leben lang schämen, das tut mir sehr leid. Allerdings nicht weh, denn ich habe gewusst, was ich getan habe. Dennoch tut es mir leid und ich wünschte, ich könnte noch einmal von vorne anfangen, aber das ist nicht möglich. Nun ist es an Gott, über mich zu richten.

Niemals aber darfst Du Dich für Deine Mutter schämen, Du musst stolz auf sie sein. Nicht nur, dass sie die schönste und klügste Frau war, die mir jemals begegnete. Sie war auch die warmherzigste. Ich habe sie malen lassen, heimlich. Du musst wissen, hier gibt es viele Künstler. Ich bin keiner. Mein Weg war ein anderer und der führte mich hierher. Eine Krankheit und Beziehungen, ohne die ich auf der anderen Seite gelandet wäre, verschonten mich vor der Front, „der Weg zur Hölle". Und so landete ich hier, „an der Tür zur Hölle". Und doch ein Stück Himmel und darin die Sonne, Deine Mutter.

Ihre Augen, ich hoffe, Du hast sie geerbt, neben all den anderen guten Eigenschaften. Ihre Augen waren das erste, was mir auffiel, groß, braun und warm, umrandet von langen dichten Wimpern. Sie saß am Krankenbett eines Kindes und hielt dessen Hand. Kurz versetzte es mir einen Stich, glaubte ich doch, es sei ihres. „Es hat Schmerzen und braucht Medikamente", hatte sie gesagt. Klar, fest und fordernd, und ich gab sie ihr. Ich habe versucht, ihr alles zu geben, was sie brauchte. Nicht für sich, immer für andere.

In diesen Menschen etwas Anderes zu sehen, so wie es der Führer von mir erwartete, konnte ich nur am Anfang und ich tat alles, was man von mir erwartete. Doch auch wenn einige anders sprachen, und sie immer dünner und unansehnlicher wurden, blieben sie für mich doch immer Menschen. Nein, ich bettle nicht um Dein Verständnis – es ist nicht zu verstehen. Vielleicht schafft es Brigitte, Dir zu erzählen, wer und wie ich wirklich war. Brigitte, meine gute Schwester. Von Anfang an hatte sie gewarnt und selber nicht den Mut gefunden, das Land zu verlassen. Das Land voller Verblendeter. So, wie ich. „Die Juden sind unser Untergang", haben wir gerufen, ihre Bücher ins Feuer geschmissen, ihre Gotteshäuser angezündet. Es war so einfach und dann traf ich Deine Mutter. Durch und durch Jüdin. Und ich konnte nicht mehr dazu stehen, es verdrängen, was wir taten. Doch was hätte ich tun sollen? Es ist zu spät. Sie werden Deine Mutter mitnehmen nach Auschwitz. Wenn das hier das Tor zur Hölle ist, Auschwitz soll die Hölle sein.

Der Krieg ist verloren und die Zeugen müssen schweigen. Und dennoch wird es ihnen nicht gelingen, alle Lippen zu verschließen. Dann werden sie uns richten, und recht haben sie.

Ich werde gleich zu Dir gehen, Dich streicheln, küssen und Lebewohl sagen. Ein Wunder wird es für Deine Mutter und mich nicht mehr geben. Ich werde vorgehen und Deine Mutter in Empfang nehmen, wenn sie überhaupt zu mir will. Und ich bete, dass Du noch lange nicht folgen und ein glückliches Leben haben wirst. Ich liebe Dich.

Dein Vater

Geschafft. Es war geschafft. Sämtliche Anspannung machte sich auf den Weg, weg von mir. Eine bleierne Müdigkeit überfiel mich, gepaart mit grenzenloser Erleichterung und der Angst, was jetzt passieren würde. Nele schluchzte neben mir auf oder war es meine Schwiegertochter, die mich ebenfalls aus tränenverhangenen Augen ansah? Arvid griff nach dem Briefumschlag und sah ihn an. „Wer ist Heinrich?", fragte er und sah mich an. „Ich bin Heinrich", nun traute ich mich, meinen Sohn anzusehen, der seine Kippa abnahm und nach dem Foto griff, auf dem sein Vater abgebildet war.

Wieder hoffte Nele, dass es nicht ich war, die an ihre Tür klopfte, und wieder musste ich sie enttäuschen. Ihr Rucksack stand gepackt neben dem Bett und sie erzählte, dass sie einen Platz nach Wien bekommen hatte. Ausgerechnet Annalenas Heimatstadt, hatte sie gedacht und Ursula zugenickt, die das Telefonat übernommen hatte. Annalena - ganz kurz hatte Nele Mitleid mit ihr. Wie sehr hatte es an ihr genagt, Benjamin nur so kurz zu besitzen. Aber sie hatte ja jetzt ihre Chance.

„Gib ihm ein wenig Zeit", wir hatten uns auf das breite Bett gesetzt – ich nur, weil eine hübsche Patchworkdecke über das Bettzeug gezogen war. Ein wirklich gemütliches Zimmer. Ich nahm Neles Hand und bat sie, Geduld zu haben. „Was wiegt eigentlich schwerer, dass ich gelogen habe oder dass ich Deutsche bin?" Ich konnte ihr die Frage nicht beantworten. Wir hatten noch nicht die Gelegenheit gehabt und den Moment gefunden, darüber zu sprechen. Dennoch wusste ich, das Deutschsein konnte Benjamin ihr ja nun nicht mehr übelnehmen. Ich musste kurz auflachen, als ich laut ausrechnete, zu welchen Teilen Benjamin nun selbst deutsch war. Nicht nun, sondern schon immer... Sie sah mich an und brauchte Mut, zu fragen: „Wer war Wilhelm?"

Er war anders. Schon seinem Aussehen fehlte jede Härte. Auch wenn er versuchte, streng mit mir zu reden, sah ich das Weiche, das Menschliche in ihm. Die Krankheit Diabetes hatte ihn vor dem Einsatz an der Front verschont. Dazu ein vermögender Vater, der gleich nach der Machtergreifung Karriere bei den Nazis machte, schützte den kranken Wilhelm davor, nicht selbst ihr Opfer zu sein. Mittlerweile wusste ich, was mit Menschen mit Behinderungen passierte, und das, obwohl einer von ihnen selbst ein Krüppel war. Seine Mutter hatte es nicht ganz vergebens geschafft, dass ihr Sohn und ihre Tochter nicht völlig blind dem Regime hinterherliefen. Sie hatte ihnen Menschlichkeit mitgegeben. Brigitte, die ihrem kleinen Bruder stets den Rucksack füllte bei seinen seltenen Besuchen zu Hause. Nicht nur Lebensmittel, auch Medikamente fanden ihren Weg in das Gepäck, hoffend, dass sie unentdeckt blieb, während sie als Krankenschwester die Medikamente an sich nahm. Wilhelm, der kaum die Möglichkeit bekam, dort Güte zu zeigen und es trotzdem schaffte. Ab und zu. Er wollte Medizin studieren und hatte sich den hippokratischen Eid schon zu eigen gemacht, als er dorthin geschickt wurde, um für Zucht und Ordnung zu sorgen. Er schaffte es nicht, auch wenn er es sich wirklich vorgenommen hatte, etwas Anderes in ihnen zu sehen, als das, was sie waren: Menschen.

Ich arbeitete auf der Krankenstation, hatte gelogen, als sie mich fragten, was ich war. „Sag etwas, was ihnen nützt", hatte meine Mutter mir geraten. Mein Vater war Anwalt, ein recht angesehener, bevor auch er nicht mehr arbeiten durfte und daran zerbrach - sich das Leben nahm, während wir uns auf die Reise machten. Das Ziel: Theresienstadt, das Vorzeige-KZ, in das zumindest zu Anfang nur die „privilegierten" Juden durften. So vorzeigbar, dass sogar eine Delegation vom Roten Kreuz kam, um sich zu vergewissern, dass es kein schlimmer Ort war, an dem wir lebten.

Wilhelm hatte mir von dem Besuch erzählt. Heimlich hatte ich einen Zettel geschrieben. „Es ist nicht so, wie es scheint." Ich wollte ihn ihnen zu Füßen werfen oder ihn zumindest so platzieren, dass sie ihn finden würden. Doch Wilhelm hatte ihn aufgehoben, bevor sie ihn finden konnten. Damals konnte, wollte ich nicht ahnen, dass es mein Todesurteil hätte sein können.

Wir hatten wenige Momente alleine und doch waren sie so intensiv, dass sie es mir unmöglich machten, jemals wieder so tiefe Gefühle für einen anderen Mann zu entwickeln.

Ich hatte es versucht.

Yaczek, der gütige und auch warmherzige Yaczek, der es nicht schaffte, in der Realität so richtig anzukommen. Der gebeutelt wurde von schweren Albträumen und der nicht in der Lage war, mir wahre Liebe seelisch, und schon gar nicht körperlich, zu geben. Wir hatten uns auf dem Schiff kennengelernt, von dem wir hofften, dass es uns nach Palästina bringen würde. Nicht nur die Engländer, die völlig überfordert aufgrund der vielen Flüchtlinge versuchten, sämtliche Schiffe wieder zurückzuschicken, sondern auch das tückische Mittelmeer gaben keine Garantie, dass wir überhaupt ankommen würden. Obwohl ich kaum etwas im Magen hatte, fand sich doch genug, um es über die Reling zu spucken. „Kann ich helfen?", hatte er auf Polnisch gefragt und nicht gewartet, bis ich ihm Heinrich reichte. Dankend hatte ich ihm das Kind gegeben und mich neben ihn gesetzt, als es mir ein bisschen besser ging und auch das Meer ruhiger wurde. Er sprach kaum Deutsch und ich kein Polnisch und doch schafften wir es, uns unsere Geschichten zu erzählen, mit dem Versprechen, es nur einmal zu tun. Denn ab diesem Moment sollte es nur noch die Gegenwart für uns geben – auf die Zukunft konnten wir uns nicht verlassen. Er hatte zwei Töchter, die ebenso wie seine Frau von den Nazis ermordet wurden. Er hatte es nicht gewusst, und nur die Hoffnung, sie wiederzusehen, hatte ihm die Kraft gegeben, weiterzuleben. Eine falsche Antwort zur falschen Zeit und jede

Hoffnung auf weitere Kinder endete mit dem Schlagstock eines Aufsehers. Er war der Einzige, dem ich Heinrich anvertraute, und er war es, den ich Wochen später heiratete und als Vater meines Sohnes angab. Gezeichnet von schlimmen Träumen und dem Trotz, nie wieder Opfer zu sein, war er enthusiastisch in den Krieg gegen die Engländer gezogen und hatte doch, im Gegensatz zu unserem neuen Land, verloren.

Danach zwei weitere Männer, flüchtige Lieben. Keiner brachte mir das Gefühl zurück. Einer davon verheiratet. Die Scham, Ehebrecherin zu sein, hatte unsere Zeit nicht lang werden lassen. Der zweite war mein Angestellter in dem Buchladen, den ich inzwischen eröffnet hatte. Liebe war es für ihn, für mich nicht, was er nicht ertrug und seine Arbeit und unsere Liaison kündigte.

Wir schwiegen einen Moment - Nele ja schon die ganze Zeit, während ich erzählte. „Aber wie konnte das funktionieren, mit...", Nele traute sich nicht, erneut seinen Vornamen zu nennen.

Wilhelm wusste, was er aufs Spiel setzte, indem er sich auf mich einließ und dennoch riskierte er es. Vielleicht wussten es seine Kameraden und duldeten es. Soviel ich weiß, gab es dort auch Puffs und für den schnellen Sex konnte es ruhig ein „Untermensch" sein.

Ich hatte nichts zu verlieren. Und meine Gefühle für ihn gaben mir den Lebenswillen, der mich jeden Morgen aufstehen ließ. Meine Mutter hatte keinen Lebenswillen mehr und war doch so stolz, als sie ausgesucht wurde, bei einem Film mitzumachen, der das KZ vorstellte. Wilhelm hatte es mir vehement verboten und mich zur Arbeit im Krankenrevier eingeteilt. Er wusste wohl schon, was mit den Mitwirkenden danach passierte. Heute weiß ich es auch. Wilhelm hatte mir das Leben gerettet, aber er konnte es nicht verhindern, dass auch ich im Zug dorthin landete - im letzten, der im Oktober 1944 nach Auschwitz fuhr. Da ich damals zwar nicht wusste, aber ahnte, was mich erwartete, hielt ich, kaum angekommen, auch keine Ausschau nach meiner Mutter, die ein paar Wochen zuvor ihre letzte Reise angetreten hatte. Auch wenn ich immer wieder das Bild meines Kindes heraufbeschwor, gelang es mir nicht, dass mich mein Lebenswille nicht ab und zu trotzdem verließ. Dort.

Ich schob meinen Blusenärmel hoch und sah auf die Zahl, die Nummer, die ich dort war. Nele strich spontan darüber und es war in Ordnung für mich.

Ich schaffte es, das Kind unbemerkt zu gebären, nur Wilhelm und eine bestochene Mitgefangene waren dabei, als Hendryk auf die Welt kam. Eigentlich „Heinrich", benannt nach meinem Lieblingsdichter Heinrich Heine, der ebenso sehr wie Wilhelm mit Deutschland haderte und schon 1821 davor warnte: „Dort wo man Bücher verbrennt, verbrennt man auch am Ende Menschen." Wie recht er hatte. Noch auf dem Schiff wurde aus „Heinrich" „Hendryk".

Das Telefonklingeln in einer der Nachbarräume ließ uns kurz aufhorchen. Wusste Benjamin eigentlich wo Nele war? Wenn er es wissen wollte, würde er es wissen. Irgendjemand nahm ab, wir hörten ein Lachen. Kein Benjamin. Ich sah zu Nele, die noch mehr wissen wollte und fragte, wie Hendryk im KZ überleben konnte.

Konnte er nicht. Das wusste Wilhelm. Ich wollte es nicht wissen und ließ es doch zu, dass er ihn fortnahm und zu seiner Schwester brachte. Er hatte es ihr erzählt, als es keine Zweifel mehr gab und nur ein Wunder half, dass unentdeckt blieb, was dort unter dem Kleid neun Monate lang wuchs. Sie hatte selbst zwei Söhne und einen milden Mann, der mitspielte, als sie anfing, sich etwas unter ihre Kleidung zu schieben, aber „die Geburt" nicht mitbekam, denn sein Leben endete in einem der vielen Schützengräben.

Es hatte geklopft. Ursulas Mutter Irene hatte uns Tee gebracht und uns angeboten, doch ins Wohnzimmer zu kommen, als sie uns nebeneinander sitzen sah. Wir schüttelten gleichzeitig den Kopf und lehnten freundlich ab.

Wir schwiegen eine Weile. Ich wusste, Nele musste die Geschichte - meine Geschichte und letztendlich auch Benjamins Geschichte - ein wenig verdauen. Auch ich war erschöpft und nahm einen Schluck Tee. „Lebt seine Schwester noch?", fragte sie leise in unser Schweigen. „Oh ja, sie lebt noch in Frankfurt. Ich besuche sie regelmäßig." Ich nahm noch einen Schluck Tee. „Und jetzt werde ich sie auch endlich einladen, mich - uns - einmal zu besuchen." Ich machte eine Pause und fuhr dann fort. „Ich glaube, wir brauchen jetzt alle ein wenig Zeit." Ich hatte ihre Hand genommen, sie zitterte leicht, so wie meine auch. „Ich muss meiner Familie auch ein wenig Zeit lassen."

Wir hatten geschwiegen, nachdem wir Nele nachgesehen hatten, die aufgestanden und wortlos gegangen war. Ich hatte kurz überlegt, Benjamin aufzufordern, ihr zu folgen, doch er hatte seinen Kopf auf seine Arme gelehnt. Was wog nun schlimmer, dass Nele gelogen hatte oder dass sie Deutsche war? Ich hatte gelogen, eine seiner engsten Vertrauten, gelogen vom Anfang seines Lebens an bis jetzt. Was waren Neles wenige Wochen gegen meine vielen Jahre? Für ihr Deutschsein konnte sie nichts, und wenn es das war, was er ihr nicht verzeihen wollte, wie fühlte er sich nun damit, auch deutsche Wurzeln zu haben? Ich hatte zu Hendryk gesehen, der fassungslos den Brief, seinen Brief, in den Händen hielt. Dazu zwei Fotos seines Vaters, die mit im Umschlag waren und auf denen er seinem Sohn so ähnlich sah, dass keine Zweifel aufkommen konnten.

Das Schweigen, zwei Minuten, fünf Minuten, eine Stunde – kein Gefühl, wie lange wir dasaßen. „Ich verstehe dich." Ausgerechnet Arvid war es, der die Stille unterbrach und mich ansah. Benjamin hatte immer noch das Gesicht in seinen Armen versteckt. „Du hattest keine Wahl. Was wäre passiert, wenn du gesagt hättest, wer unser Großvater wirklich war?" Jetzt nahm er eines der Fotos und sah zu seinem Vater. „Er wäre für immer gebrandmarkt gewesen als Kind eines Nazis." Ich nickte. „Es tut mir leid." Ich wollte aufstehen, doch nun fand Hendryk seine Stimme wieder. „Was ist mit ihm passiert?" Er sah mich an und ich konnte keinen Vorwurf erkennen und erzählte, was Irene mir berichtete, als ich kam, um Hendryk zu holen – natürlich in der Hoffnung, auch seinen Vater zu sehen. In der Hoffnung, endlich als Familie leben zu können.

Wilhelm hatte gewusst, was in Auschwitz war und was dort passierte. Er war sicher, dass ich es nicht überleben würde, so wie er es im Brief angedeutet hatte. Was ihm geschehen würde, konnte er nicht sicher wissen, aber zumindest ahnen. Wenn sie ihn nicht gleich vor Ort erschössen, so würden sie ihn gefangen nehmen und bestimmt nie wieder freilassen. „Er hätte untertauchen können, sich verstecken." Benjamin hatte seinen Kopf gehoben und sah mich nun an. Natürlich waren das auch meine Gedanken gewesen; er hätte unsere Geschichte erzählen können. Es hätte Zeugen gegeben, die für ihn ausgesagt hätten, die erzählt hätten, dass unter seiner Totenkopfmütze nicht ein Monster steckte, wie bei den vielen Anderen.

„Vielleicht wollte er auch einfach nicht mehr ohne dich weiterleben", Benjamin legte den Kopf wieder auf seine Arme.

Es waren noch ein paar Stunden, bis zu Neles Abflug. Ich hatte ihr angeboten, sie zu bringen, doch Nele lehnte ab und erklärte, noch ein wenig alleine sein zu wollen. Sicher hoffte sie, dass Benjamin kommen würde, sie aufzuhalten. Ich würde ihn anrufen, auch wenn ich mir vorstellen konnte, dass er tatsächlich noch Zeit brauchte. Um Nele keine Hoffnung zu machen, erwähnte ich mein Vorhaben nicht. Irene, die immer sehr freundlich war, wollte jemanden vom Flughafen abholen und Nele nahm ihr Angebot an, mitzufahren.

Sie hatte immer noch Zeit und lief durch Jerusalem. Da sie ahnte, dass ich mich mit Benjamin in Verbindung setzen würde, wollte Nele ganz sicher sein, dass er wusste, wo er sie vom Abreisen abhalten konnte.

So betrat sie, ohne Appetit zu haben, einen arabischen Imbiss - *den* arabischen Imbiss. „Ach, hallo Nele." Er hatte sie kaum begrüßt, schon hatte sie ein Glas Pfefferminztee vor sich stehen. Sie waren inzwischen ein paar Mal zusammen dort gewesen. Nele hatte nicht nur Alid kennengelernt, sondern seine ganze Familie. Er fragte nach seinem Freund und Nele berichtete kurz, aber ehrlich, warum sie alleine gekommen war. Benjamins Geschichte ließ sie aus, die sollte er selbst erzählen. „Du bist Deutsche", er war dabei, einen Tisch abzuwischen. „Na und, das wird er verkraften." In diesem Punkt war er sicher und erklärte, dass Benjamin nur sehr selten ein Mädchen mitgebracht habe und wenn eine auch zwei Mal dabei gewesen sei, keine habe er je so angesehen wie Nele. Dann fing Alid an, ein arabisches Lied zu singen und schaffte es, dass Nele zumindest kurz lächeln konnte. Sie trat aus dem Laden und hatte nicht gesagt, warum sie wirklich da war, schien es ihr doch zu peinlich.

„Stolz ist ein Luxus, den eine Frau, die liebt, sich nicht leisten kann." Nele hatte den Satz aus ihrem Lieblingsfilm erst lange nicht verstanden. Sie konnte auch nicht mehr sagen, wer ihn ausgesprochen hatte, Michelle Pfeiffer oder doch Glenn Close? Es war auch egal. Sie trat noch einmal in den Imbiss und nannte Alid ihre Abflugzeit - nur für den Fall, dass er vorbeikommen würde.

Benjamin war nicht gekommen. Vergeblich hatte sie versucht, in einem Buch zu lesen. Das erste Mal nach langer Zeit wieder ein deutsches.

Das abendliche Hebräischlernen hatte sie so in Anspruch genommen, dass sie kaum zum Lesen gekommen war und nun konnte sie sich nicht konzentrieren. Dann doch Hebräisch. Sie wollte sich eine Zeitschrift kaufen, als sie erschrak und glaubte, dass ihr Herz stehen blieb. Ihre Blicke trafen sich. Dennoch zögerte Nele nicht und wollte weitergehen, weggehen. „Nele", sie war stehen geblieben. Die langen Haare streng zum Zopf zurückgebunden und völlig ungeschminkt sah sie zwar ein wenig älter aus, aber immer noch sehr hübsch. Ihre Augen waren rot, auch sie hatte sicher viel geweint. „Nele, warte bitte." Sie sprach Deutsch und stellte ihre Tasche ab. „Warum sollte ich?" Nele wandte sich ab und wollte weitergehen. Sie hielt Nele am Arm fest, Nele sah sie erstaunt an. „Es tut mir so leid, ich weiß auch nicht, was mit mir los war." Sie ließ Nele los und spielte mit ihren Haaren. Das erste Mal, dass Nele sie so sah, nervös. „Doch natürlich weiß ich es, ich war eifersüchtig und bin es sicher noch." Verwundert sah Nele ihr Gegenüber an und musste sich eingestehen, dass sie ihr leidtat. „Musstest du gehen?" Sie konnte sich kaum vorstellen, dass Ewa und die anderen Kibbuzniks sie weggeschickt hatten und Nele hatte recht. Annalena schüttelte den Kopf und erklärte, dass es ihr zu peinlich war, zu bleiben. „Wo fliegst du hin?" Es interessierte Annalena wirklich. „Wien", antwortete sie und befürchtete, dass dies auch Annalenas Ziel war. Sie lag richtig. „Du willst doch gar nicht weg, oder?" Beide hätten die Frage stellen können, doch Nele war es, die fragte. „Nein, ich bin gerne in diesem Land und das, obwohl ich auch nicht das bin, was ich vorgegeben habe." Auch sie hatte gelogen und erzählte Nele, dass „nur" ihr Vater jüdischen Glaubens war und ihre Mutter eine waschechte katholische Kärntnerin. „Und da die Mutter diejenige ist, die ..." Nele wusste, wie das eigentliche Jüdischsein vererbt wurde und war irgendwie erleichtert, dass sich wenigstens hierbei nichts für Benjamin und seinen Vater ändern würde.

„Geh zurück, erkläre es ihnen, sie werden dir verzeihen." Hatte Nele ihr wirklich soeben diesen Rat gegeben? Annalena nahm ihre Tasche hoch. „Du hast recht, *wir* gehen zurück. Benjamin wird dir auch verzeihen, hat es wahrscheinlich schon längst." Sie reichte Nele die Hand. „Für mich gibt es sicher auch noch einen hübschen Israeli, na ja oder Araber." Sie lachte und Nele bewunderte den Kampfgeist ihrer Konkurrentin, ehemaligen Konkurrentin. „Na los, wir schaffen das."

Es waren nur Lichter, die sie durch das kleine Fenster sehen konnte. Die Dunkelheit hatte sich schon früh über dem Land ausgebreitet, welches nun immer kleiner unter ihr wurde. Jerusalem... summte sie innerlich vor sich hin. Natürlich wollte sie nicht weg und trotzdem musste sie lächeln. So einfach war verzeihen. Oder war das naiv? Sie hatten sich kurz umarmt und Nele hatte Annalena nachgesehen, die sich aufmachte, ihren Koffer zu holen. Sie würde auch Martina verzeihen, ihrer ehemals besten Freundin, die wohl von Anfang an ein wenig neidisch auf Nele war. Aufgewachsen in einer intakten Familie, einigermaßen intelligent, sodass es kaum Hindernisse gab auf dem Weg zum Abitur und dazu noch den attraktivsten Jungen der Schule zum Freund. Da glaubte Martina wohl, es bliebe nicht viel für sie übrig. Nele würde auch Lars verzeihen. Was hatte er auch getan? Gut, er hatte sie nicht sofort von seinem Schoß geschubst, zu perplex und überrascht wahrscheinlich. Aber einen Platz in ihrem Herzen hatte er nun schon lange nicht mehr, der war bereits besetzt. Nele presste das Gesicht ans kalte Fenster, als sie glaubte, den Kibbuz ausmachen zu können.

„Schalom." Nele erschrak, als sie merkte, dass sie angesprochen wurde. Sie stand noch am Gepäckband, inzwischen am Flughafen Köln/Bonn. Sie hatte noch einen Anschlussflug bekommen, und war froh, nicht mit dem Zug fahren zu müssen.

Er trug erneut seine Uniform und Nele erkannte ihn sofort. „Und, hat dir unser Land gefallen?" Sie nickte, bevor sie den Rucksack vom Band nahm und sich von ihm helfen ließ, ihn aufzusetzen. „Sehr gut", sagte Nele, lächelte und ging Richtung Ausgang.